続・一日暮らし

金谷常平

郁朋社

はじめに　―いつも、今がベストだ―

江戸時代の禅宗中興の祖と言われる白隠《はくいん》禅師の師が正受《しょうじゅ》老人で、彼は「一日暮らし」を提唱した。

――人は、あす、あさってをのみ思い煩うが、大事なのは今のこの一瞬である――と。確かに人はあすの幸せを望みながら、今日を怠惰に生きている面があるようだ。

――いかほどの苦しみにても、一日と思へば堪え易し。……また、一日一日と務むれば、百年千年も務め易し。何卒、一生と思ふから、大層なり――と言う。

前作の『一日暮らし』から十余年が経った。もう一度正受老人の精神に立ち返って記したのが本書であるが、なにより浅学の身なれば思いを果たせたかは疑問である。

山歩きは、初任校が尾瀬のある片品《かたしな》中学校だったのが幸いした。尾瀬を拠点として北毛の山々を巡った。上毛三山には親しんでいたが、本格的に歩く楽しさを知り、妻や子とも同道した。

退職のしばらく前から日本アルプスを歩くようになった。若い頃からの不摂生で足首の痛みが出てきたので、同行者に迷惑がかかるからと単独行を旨とした。時に妻や子とも歩いた。

素人単独臆病山小屋泊まり派は登山道を忠実に歩く。その時々で多く知人を得た。

生家が農家できょうだいでする作業は楽しかった。姉や兄も次々と独立し長兄が家を守った。今、畑を借りて野菜栽培をしている。農家のOBに呼びかけて田植えや蕎麦栽培をしたこともあったが、もう高齢、それでも畑に年間四十種類もの作物を栽培している。
傘寿《さんじゅ》を過ぎて何時まで畑に行けるかわからない。畑では虫や鳥たちに出会えるのも楽しい。今朝もデデッポーポーと啼いて畑に来いと催促している鳥がいる。

家の不要物を始末するのが終活と考えている人がいるが、これだけでは寂しい感じがする。我が終活は旅だ。旅行ではない。かつて訪れた場所、まだ行ってない場所から選んで出かける。北への旅が性に合っているようだ。例外はヒロシマで、これは長年の夢実現であった。旅を愛した先人に憧れるが、その足下にも及ばない。

きょうだい全員が揃った終戦一年後の写真がある。一葉の写真からの思い出を綴ってみた。過去を懐かしむ年齢になっていたのだ。次の世代にも焦点をあてて記した。
身近な人のことを記すのは難しく、多くの方々にお世話になり、新しい発見もあった。
ただし、個人情報等も含まれているので、これ（第四章）は別冊・非売品とした。

書中に短歌を載せたが、戯れに読んで紙上に投稿したところ採用され、以後、山の雑誌等にも応募している。日々の生活を題材にしているが、所詮は素人の短歌づくりである。子規の写実に心ひかれる。

五指に余る病を持つが、まだ気力・体力はある。——いつも、今がベストだ——と思うことにしている。

続・一日暮らし／目次

【第二章】野菜栽培の記――みんな違ってみんないい――…… 55

【第三章】 終活の記 ――きょうよりは旅の空――

【第一章】

山歩きの記

――忘れ得ぬ人――

北毛の山 ―尾瀬、谷川岳、武尊山―

ふるさとの山を問はれて尾瀬谷川武尊《ほたか》と応ふ山小屋の夜

至仏《しぶつ》佳し燧《ひうち》は雄々し竜宮をめざしてひとり木道を行く

山では多くの人と出会う。山小屋の主やスタッフ、山頂や険しい登山道で、時にはビールを飲んで意気投合する人もいる。だが、行きずりの人で忘れられない人がいる。国木田独歩の『忘れえぬ人々』の世界だ。百の山に百の人である。

尾瀬での忘れえぬ人、それは山ノ鼻から鳩待峠への水場で出会った男性である。

山小屋で同室になると、いつの間にかふるさとの山自慢が始まることがある。山小屋利用者は、山に対して全くの素人ではないから、ちょっと気取って前記の三つの山を応えることにしている。それも控えめに。すると相手は興味を示してくる。

「水芭蕉の頃に行ったよ」、「双耳峰《そうじほう》はいいよね」などと。

最初の赴任地が尾瀬のある片品村だったことが、山へ、尾瀬へと関心をもたらしたのだろう。

　未明に大清水を発って、三平峠を上り、下って尾瀬沼へ。長蔵小屋で小休止してから、沼の南岸あるいは北岸を歩いて山中へ。険しくはないが足場の悪い道をたどって竜宮小屋へ。小休止。これからは延々と続く木道歩きだ。尾瀬ヶ原の花々が、前方の至仏山が、後方の燧ヶ岳が励ましてくれる。山ノ鼻に着く。鳩待峠発午後四時のバスに乗らねばならない。時間に余裕がある時は大休止。歩きづめの体にご褒美となる。鳩待峠までかなりの急登を一気に歩いて、バスに飛び乗る。一度として遅れたことはない。歩くことが、若さの特権だと自覚していた。

　木道から眺める至仏山はたおやかでいい。燧ヶ岳は尾瀬の盟主とばかりに力んでいる様がまたいい。池塘《ちとう》に咲く未《ひつじ》草に会いたくて、羊の刻（午後二時頃）に散策したことも思い出す。

　至仏山は蛇紋岩《じゃもんがん》とのことで滑らないように注意して山頂へ。ここから原を貫く木道が見下ろされ

静寂　アヤメ平を行く

るが、長蛇の列よりも孤影を見つけるとじんとくる。かつての自分を思い出すのだ。

木道を歩いて水量豊かなヨッピ川を眺めて佳し、さらに先の三条の滝まで足を延ばしてもいい。ただし帰りの体力も考えておかねばならない。家族で滝まで歩いたのは、晩秋の頃か。

お薦めはアヤメ平だ。なにより人が少ないのがいい（前頁写真）。至仏山が間近に迫って見える。

燧ヶ岳は大きな石を乗り越えて、原へたどり着いた苦しさしか思い出せない。眺めて佳しの山なのだろうか。静かさを求めるなら、片藤沼が断然いい。

尾瀬は、山歩きの奥深さを教えてくれた山なのだ。

かつて家族で原を散策し、山ノ鼻から鳩待峠への水場で休んでいると、一団をを率いた男性がやって来て、孫に話しかけたものだ。

「いま何歳？」、「十歳です」。

「じゃあ、天才だね」、「えっ？……あっ、そうですね」。

同行の女性たちは笑いをこらえている。いつもこんな調子なのだろう。表情も変えずに男性はスタスタと山ノ鼻へ下っていってしまった。舞台俳優だな、あの口調と物腰から今でもそう思っている。

かつて魔の山と言われた谷川岳も、一般道を歩けば危険はない。高さは一九七七ｍしかないし、谷川岳ロープウェイを利用すれば天神尾根登山口からの出発となる（写真）。熊穴沢避難小屋まではハイキング気分。ここからは登山者となって急登すること一時間半後にはトマの耳（一九六三m）に到着しているだろう。余力があったら、最高峰のオキの耳まで往復したいものだ（四十分）。双耳峰を実感できるし、眺望は一級品だ。

かつて山頂直下でブルーベリー狩りを楽しんだことがあった。自生する実を摘む妻は感動、熱中。単独行の女性も加わってきた。味は酸っぱさが勝っているが、これが自然のものと納得して次々と採っては口へ運ぶ。熊穴沢避難小屋まで同行となった。登山中は他の人とは同行はしないのが原則だという。話に夢中で、つい足下への注意を怠ってしまうからだ。だが楽しい同行であった。

かの女性は、今でもあのブルーベリーの味を覚えているだろうか。

谷川岳は沢巡りがお薦めだ。土合《どあい》駅から車道を進むとマチガ沢、一ノ倉沢、幽《ゆう》ノ沢へと平坦な道が続く。夏などは、木々が日陰をつくってくれる。沢の

谷川岳　トマの耳とオキの耳（天神平より）

水は冷たい。手を浸しての我慢比べも一興だ。谷川岳には、家族も含めて七、八回は行っただろう。

ある中学校に勤めていた時、飯盒炊飯を一ノ倉沢で行ったことがあった。土合の地下駅で下車。長い階段を登って地上へ。もうここで疲れてしまう生徒がいる。踏切を越え、慰霊碑を右に見て車道を進むこと二時間で、一ノ倉沢出合に着く。飯盒や鍋、食材、調味料まで持っての歩きだから相当に疲れているだろうが、すぐに食事づくりが始まる。薪はＰＴＡの役員の方が軽トラで現地まで運んでくれている。

各班、工夫を凝らした昼食づくりが始まる。このような時、リーダーになるのは火が焚ける生徒であり、先を読んで動ける生徒だ。いわゆる学校の勉強とはあまり関わりがないのかもしれないな、などと考えさせられたりする。飯盒でご飯を炊き、カレーなどをつくり食べる。単純だが大事な作業をこなして終了する。火の始末だけはきっちりとさせる。

帰りは、湯桧曽《ゆびそ》川に沿って歩き、橋を渡り、土合駅に戻る。いまでもこんな無謀（？）なことをしている学校はあるのだろうか。

武尊山は、深田久弥の『日本百名山』に採られ、「武尊の山名は日本武尊からきている」と記している（写真）。

直下に像が見えている。ダレがナゼ建立したのか、興味は尽きない。

三方から登山口があるが、武尊牧場コースを二度歩いた。妻と、そして単独行。山頂の眺望の良さと日本武尊像しか覚えていない。なお武尊牧場の大株のつつじは一見に値する。片品中学校に勤務していた昭和三十年代の終わり、体育祭で全校生徒・全職員とで「片品音頭」を踊る時間があり「武尊つつじの色増す頃は……」と声を出したりしたものだ。おおらかな時代であった。

日本武尊像

上毛三山

―榛名山、赤城山、妙義山―

西榛名東に赤城仰き見て大人となりし上州男児に

伊香保より尾根道たどり湖畔まで歩きしはいつつつじ咲くころ

群馬県民は、それぞれがふるさとの山を持っている。住んでいる所から見える山がいちばんいいと言う。上州の山が見えてくると、群馬に帰ってきたことを実感する。これが上州人だ。

群馬の認知度は最下位に近いと憤慨する人がいるが、悲観することはない。

榛名《はるな》山域だけでも魅力度満点だ。バスで、自家用車で、山上の湖まで行ける。二日あれば、名のある山の六つや七つに登れる。ハイキング気分で、鎖を頼ってと登りかたもそれぞれだ。ロープウェイに乗れば、数分後には秀麗な榛名富士山頂に立てる。

湖畔を一周散策してもよし、レンタサイクルでもよい。馬にも乗れるし、馬車にも乗れる。ボートで遊んでもいい。湖畔から徒歩や車で、歴史のある榛名神社を訪ねてみよう。ここの蕎麦は香りもよい。もちろん湖畔で食すわかさぎ料理は絶品だ。新緑・紅葉、ユウスゲ・つつじは目を楽しませてくれる。

泊まりは榛名湖畔の温泉宿、バンガローもあるし、オートキャンプ場もある。三十分も下れば、上毛カルタで歌われた、「日本の名湯伊香保」がある。文人墨客の訪れた地で、徳富蘇峰《とくとみそほう》や蘆花《ろか》、与謝野晶子、萩原朔太郎ら。竹久夢二も忘れてはならない。美術館も充実している。

温泉饅頭はお土産として喜ばれている。

残念なのは、暖冬のせいか湖上のスケートとわかさぎ釣りができなくなってしまったことだ。

ある時、家族五人で伊香保下から榛名湖畔まで歩いたことがあった。伊香保の石段街を通り、源泉の近くから山道をたどりやせおね峠へ出る。ここからは、秀麗な榛名富士が望まれる（写真）。この日は榛名山の山開きの日で、帰りはバスに乗ったが大渋滞。歩こうとのことで、下車を告げると、「歩いた方が早いかもね」、運転手は快くドアを開けてくれる。渋滞の原因が自分にあるかのように

榛名山　登る榛名のキャンプ村（上毛カルタ）

恐縮している。往復徒歩、小学生三人よく歩けたものだ。

あの運転手はもう退職しただろうな。山開きの頃、榛名山に来ているかもしれない。


上毛三山のもう一つは、赤城山だ。一八二八mの標高ながら、久弥の『日本百名山』にも採られている。上毛カルタに「㋜裾野は長し赤城山」（写真）とあるが、彼もこれを佳しとしている。品格のある山ととらえたのだろう。

山上には大沼がある。周辺観光の基地となっており、近くの赤城神社は由緒あるものだ。

赤城といえば、スキーの猪谷《いがや》六合雄《くにお》、千春氏を忘れてはならない。志賀直哉の『焚火』にもKさんとして登場している。直哉の文章の妙が表われている作品である。

赤城と榛名を結ぶものとして、菊池寛の『入れ札』がある。赤城に立てこもった国定忠治だった

赤城山　裾野は長し赤城山（上毛カルタ）

が、そこも防ぎきれず夜間に脱出、利根川を渡り、夜明けに榛名山に達する。忠治の気掛かりは、股分《こぶん》たちの始末だった。これから大戸の関所を破り、信州へ落ちる身として、股分たちをぞろぞろと連れては歩けない。だが、上州一の親分としてひとりでは沽券《こけん》に関わる。考え抜いて忠治は提案する。生まれ育った国定村が見える地点でだ。

「これから入れ札をしよう。入った二、三人を連れてゆく。あとのものには暇を出そう」と。

ここに、九郎助という男が登場する。忠治の幼馴染みで最古参の男だが、最近は手下からも軽く扱われている。入れ札（投票）で選に漏れたら、表面上は保ってきた兄貴分の地位が……。

「さて、筆が回ってきた時、九郎助はダレを書いたろう？」。教室で生徒に投げかけたものだ。

秩父へ落ちてゆく長身で痩せ型の九郎助のうなだれた残像が今でも脳裏に残っている。

前述の『焚火』も、教室で扱ったことがある。

東海林《しょうじ》太郎の『名月赤城山』で知られる赤城山は、文学でも歴史でも知られた山なのだ。

赤城山の最高峰、黒桧《くろび》山は湖畔から一時間足らずで登れる。

お薦めは、大沼湖畔―地蔵岳―小沼―覚満淵《かくまんぶち》―大沼湖畔だ。疲れを感じる頃には地蔵岳に達する。小沼は寂しくなるほどの静寂、覚満淵は季節の花が迎えてくれるだろう。このコースは中学生の遠足として最適だったし、家族でも何回歩いたことだろうか。

高齢になってからは、鍋割山とその周辺に親しむようになった。家族で歩くのにちょうどいい。

駒寄村《こまよせ》（現、吉岡町）に生まれ、西に榛名山、東に赤城山を見て育った。現在も二つの山が見られる地で生活している。ふるさとの山は榛名山であり、赤城山である。ここから眺める二つの山がいちばんいい。

上毛三山の三つ目は、妙義山である。県の西毛地区にあるため馴染みは薄いが、信州への高速道路を走ると富岡あたりから四国の寒霞渓《かんかけい》、九州の耶馬溪《やばけい》と並んで日本の三大奇勝とされる奇峰、奇岩、怪石が目前に迫ってくる。標高は一一〇四mしかないが、遭難者も出る油断のならない山である。

ある山岳会が主催する登山大会に妻と参加したことがあった。第四石門から大砲岩（写真）を眺めた記憶がある。見晴台あたりまで行ったのだろうか。

二度目は単独行で、妙義神社から金洞山《こんどう》まで往復した。鎖を頼り、足場をしっかり確保して歩く。ひとりだと全責任は自分にあるから、コース

妙義山　紅葉に映える妙義山（上毛カルタ）

もよく覚えているのだろう。とにかく気の抜けない山だ。
裏妙義には縁がなく、足を踏み入れたことがない。
上州の山々は、山好きの県民にとって挨拶がわりとなっているのだ。
上州の山について、「上毛カルタ」では次のように歌っている。

ⓢ仙郷尾瀬沼花の原　ⓜ水上谷川スキーと登山　ⓝ登る榛名のキャンプ村
ⓢ裾野は長し赤城山　ⓜ紅葉に映える妙義山

さて、冒頭の上州人について私見をのべよう。

上州人　内村鑑三

上州無智亦無才　　上州人無智また無才
剛毅木訥易被欺　　剛毅木訥欺かれ易し
唯以正直接万人　　唯だ正直を以て万人に接し
至誠依神期勝利　　至誠神に依りて勝利を期す

(上州人というのは、江戸っ子や九州人と比べて知恵や策略はない。素朴でつつみ隠さず、だまされやすい。しかし強みは正直に人と接することだ。神と誠で最後の勝利をかち取ろう。)

作者は内村鑑三で、高崎市内に碑がある。札幌農学校卒。旧制一高の講師となるも不敬事件で教壇を去る。終生野《や》にあり、日露戦争の非戦論を唱え、足尾鉱毒事件の解決にも努力する。

「上毛カルタ」に、「ⓒ心の燈台内村鑑三」とある。

上毛カルタは、終戦直後の昭和二十二年に発行され、県民は幼児の頃から親しみ、小学生の地区大会から県大会まであり、大人になっても諳《そら》んじている人が多い。歴史上有名無名の人物や名所、名産などが採られている。郷土を知り、郷土を愛するためにつくられたものである。

なお、発行にあたって、高山彦九郎、国定忠治、大前田英五郎らを採り入れたかったが、GHQが許可しないだろうとのことで、「ⓡ雷と空っ風義理人情」に込めたとの説があるが、真偽のほどは定かではない。編集者も内村鑑三の言うところの上州人魂を持っていたのだろう。

「雷と空っ風」、激しい稲妻と雷鳴、三国山脈から吹き下ろす空っ風、これが上州人気質を生み出したともいえる。言葉遣いは荒くて大きいと言われるが、雷と空っ風の元では必然的にこうなる。

現存する最古の歌集と言われる『万葉集』の巻十四の東《あずま》歌に榛名山を歌ったものがある。

伊香保嶺《ね》に　雷《かみ》な鳴りそね　我が上《へ》には　故《ゆえ》はなけれど　児《こ》らによりてそ（三四二一）

＊伊香保の山の雷様よ怖い音で鳴らないでおくれ　俺は怖くはないが好きなあの娘がこわがるから。

伊香保風　吹く日吹かぬ日　ありといへど　我《あ》が恋のみし　時なかりけり（三四二二）
＊伊香保風は吹く日も吹かぬ日もあると言うが　わたしの恋だけは四六時中なんだよ。

上州という気候、風土もまた、上州人気質を形成していったのだろう。
渋川市の北に子持山がある。四季を問わず、いい登山ができる。

子持山　若かへるての　もみつまで　寝もと我《わ》は思《も》う　汝《な》はあどか思ふ（三四九四）
＊子持山の楓の若葉が紅葉するまでも寝ようとわたしは思う　おまえはどう思うか

石川啄木は「ふるさとの山はありがたきかな」と歌ったが、日々これを実感している。

社務所の若者

立山の雄山の社務所のラジオにて妻きっちりと体操をする

立山の縦走中に見し剱《つるぎ》岳次の目標しかと定まる

立山の雄山の山頂にある社務所に着いたのは、ちょうどラジオ体操が始まる六時半。記録によれば平成十五年八月二十日であった。

社務所の若者が体操しに出てきた。妻とふたりで始めると、男性が加わってきた（写真）。前日は一ノ越山荘に泊り、未明に出発、急登してきたのだからもう汗びっしょり。当方は体操など必要ない。体操をすることが健康の秘訣と信じている妻は、三千mの山頂に来ても手を抜かない。「日本三霊場の一つである立山から、あとの富士山、白山が見られて、きょうはラッキーですね」。生真面目そうな若者は、指さして教えてくれる。この若者はなに者？

快晴。雄山—大汝山—富士ノ折立—真砂《まさご》岳—別山—別山乗越—雷鳥荘（泊）がきょうの行程で、ほとんど一周するほどだ。九時間以上山中にいるのだ。昼食・おやつも適切に摂ろう。

大汝山では、女性ふたりに会う。話しぶりから相当に山をやっているようだ。

富士ノ折立からは急下降だ。慎重に！　声を掛け合いながら進む。下りきって休憩。ミニトマト、トウモロコシを食べる。きのう食したきゅうりも菜園から採ってきたものだ。

ここから二㎞ほどは稜線漫歩だ。真砂岳山頂付近は、ロープが張られているので安全だ。

別山の真下は急勾配だが、距離は短い。小さな祠の山頂に立つ。

剱岳が眼前に見えてきた。雪と岩の殿堂と称されて、岳人憧れの山だ。あの山頂に立てるか、来月に挑戦しようと決めるが妻には言わない。この厳しい山容を眼前にしては反対されるかもしれないからだ。だが、次の山行は決まった！

少し早いが昼食、あとは雷鳥平を下るだけだ。（男子十五歳にして立山に登頂せぬは男子に非ず）、富山のかつての言い伝えだそうな。麓から歩いて登るのだ。信仰心も必要だろう。立山

三者三様

三山完登などと胸を張ってはいられない。自宅に帰った翌日、蕎麦を蒔く。

ところで、あの若者、雄山神社の神主になっちゃったりして。そんなことないか。

さて、劔岳登山であるが、一度挑戦し撤退、以後再挑戦なしで終わる。年齢相応、悔しさもない。立山を歩いた翌月のことだ。

立山の天候は日替わりと言われる。ここ立山は豪雨。外国人が悠然と歩いている。劔岳小屋をキャンセルし、室堂山荘に泊る。二日目は天候回復、劔山荘に泊る。午後読書に専念し、鋭気を養う。

三日目、強風で目が覚める。前劔ピークに達するが、雨は本降り、風も強い。撤退者が続々。流れに乗って登頂を断念する。

翌日、富山—越後湯沢—渋川。次の日は十五夜だ。

里芋は子孫繁栄の象徴ぞ
採りて供えん十五夜の宵

劔岳　登頂を断念する。左下は剣山荘。

山の達人

妻と歩いた仙丈ヶ岳山頂から遠望したオベリスク、鳳凰《ほうおう》三山の象徴だ。翌月、山頂に立たんと家を出るが、埼京線が事故だとのことで三十分以上も足止めを食う。気勢をそがれて群馬へと引き返してしまった。十月に再度単独行で鳳凰三山を目指す。

鳳凰三山は信仰の山だ。また、ここは伝説と民話の地でもある。

今回は、韮崎駅からタクシーで御座石温泉。―旭岳―燕頭山《つばくろあたまやま》―鳳凰小屋（宿）―地蔵岳（オベリスク）―観音岳―薬師岳―南御室小屋（宿）、―杖立峠―夜叉神峠―夜叉神バス停だ。

御座石温泉の右手が登山口。旭岳を目指すが、予想外の急登、燕頭山まで続く登りにうんざりする。六時間もかかって鳳凰小屋へ着く。夕食は定番のカレーだ。お代わりする。

二日目は七時に出発。五十分ほど急登すると、オベリスク（次頁写真）が頭上に屹立《きつりつ》している地に着く。岩頭に立っている人が見える。見ているこちらが足のすくむ思いだ。降りてきた人は大学生か、高校生かもしれない。

「気持ち良かったですよ」、何事もなかったように微笑んでいる。この若さで単独行ができる自由をうらやましく思う。この地には賽《さい》ノ河原が小規模ながらあるのを知った。

オベリスクより観音岳―薬師岳―南御室小屋までは白砂青松、稜線漫歩だ。

夕方、南御室小屋に着く。水量豊富でトイレは水洗に驚く。

男性がコタツに入ってハガキを書いている。かたわらに大きなザックが置いてある。夕食時、「あの岩頭に立ちましたよ」、事もなげに話してくれる。

「オベリスクの?」、絶句する。う～んと唸るほかない。話しぶりは穏やか。

オベリスクは、かのウェストンが初登頂を果たしたことで知られ、垂直に近い岩峰だ。当方など、その基部に触れただけで満足していたくらいだ。山での出来事などを聞いてみる。

「雪山の稜線で、突風に吹かれて四つん這いでいたこともありましたよ」、決して自慢話とはとれない静かな口調だ。脱帽だ。山だけでなく、下界でもいい人なのだろうな、達人だ!

屹立するオベリスク

なぜこの日を鮮明に覚えているかというと、米軍がタリバンに報復攻撃を仕掛けた日（二〇〇一年十月七日）で、テレビの臨時ニュースで延々と報道されていたからだ。まるでテレビゲームを見ているようだ。誰も何もコメントしない。ただ画面を見つめているだけだ。

――爆弾とともに食料も投下した――　笑止千万、ブッシュ大統領の猛禽類のような鋭い眼差しが残像として残る。とうとう始めたか、みんな早めに眠りに就く。

五時十五分目覚めたら、かの達人は朝食を摂っている。山中の朝食、昼食は持参しているとのこと。大きなザックにも納得する。山を楽しんでいるのだ。

小泉首相はアメリカを支持すると例の高飛車な口調で語っている。

朝食後、すぐ出発する。ゆっくりと下って夜叉神バス停に着けばいい。

苺平《いちごだいら》を過ぎてもう間もなく、枯れ木が点在し、開けた尾根に出る。ここは昭和三十六年、山火事により焼失した場所だ。植林されたが、まだ若木だ。四十年経っても自然は回復してない。自然の大切さを教えている場所だ。

達人はこの山歩きで四泊すると言う。御座石温泉、山中で二泊、下山口でと悠揚迫らずだ。先へ先へと急ぐ当方とは段違いだ。

夜叉神登山口に近づいた頃、達人に追いつかれる。

「そこにリンドウが咲いていたね」。やはりそうか。見に戻る。鮮やかの増した花が六つ、七つと見える（次頁写真）。

（う～ん、やられたな。やはり達人だ）。山を、花を愛し、温泉を楽しんでいるのだ。

バスに乗る直前、拙著『榛名山歩』を差し出す。これが縁で年賀状での付き合いが始まった。

会ったのはたったの一回、それも短時間。前身は知らない。達人は関西在住で、六甲山が本拠地で、マラソンにも意欲を示し、各地の大会にも参加、いい成績を残しているとのことだ。賀状に励まされている。

山小屋で、「ハガキを書くのが楽しみで」と語っていたが、今でも筆まめなのだろうな。

バスを降りて、温泉へと歩く長身が今でも目に浮かぶ。あれからどんな山を歩いたのだろうか。

なお、「傘寿を期して、新年のご挨拶を最後とさせていただく」との便りをもらう。この潔さが達人だ。

雨に濡れて　リンドウ

賽ノ河原の女性《ひと》

山中で賽ノ河原に出会うことがある。ドキッとして立ち止まる。どこも荒涼とした場所にある。賽ノ河原――早死にした子どものために、親が石仏を安置したり、石を積んで仏塔を造ったりした場所――と勝手に解釈している。もっと深遠さがあるのだろうが、これで納得している。

初めて賽ノ河原に出会ったのは御嶽山《おんたけさん》の山頂に立った翌日で、二の池へ下り、三の池へ行く途中であった。大きな石塔を真ん中にして、無数の石仏が並んでいる。小さな石塔も見える。風車がコトコトと回っている。山中で人工の音を聞くのは不気味な感じだ。

石を積んで小さな石塔を初めて造った。一つひとつ丁寧に積んだ、気持ちが落ち着いた。これからは、賽ノ河原に出会ったら石塔を造ろうと決めた。

脇を登山者が通ったが、苦にならなかった。

御嶽山の大噴火があったのが、その数年後だ。賽ノ河原はどうなっているのか気掛かりだが、もう訪ねることもできないでいる。今も、風車は回っているのだろうか。

二度目に出会ったのは前述の地蔵岳のオベリスクを見た直後だ。少し下ったところにあった。賽ノ河原は寂しい場所にあると考えていたので、意外であった。脇を登山者が次々と通る。

小さな石塔を造ろうと近寄ると、女性が腰を下ろしている。気づかなかった。少し待ったが石仏に化したかのごとく微動だにしない。

「お邪魔したようですね」。「いや」。小さな声に小さく応える。

気まずい雰囲気だ。石塔を造っていると唐突に話し出した。

「わたし、賽ノ河原のある山へ来てるのです」。おいおい、こんな大事な事を話していいのか。

「去年は鳥海山に行きました。ずっと前は御嶽山でした」。

なにか言わなければならない雰囲気だ。

「賽ノ河原と言えば、太宰治の『津軽』にもありましたっけ」。

「あっ、ありましたね」。女性の声が大きくなった。

「『津軽』かどうか、確かめてくださいね」。ほうほうの体で逃げ出す。

いま十二時半、うそを教えなかったかな、ちょっ

オベリスク直下の賽ノ河原

と心が痛む。だが、ここからの稜線漫歩に気分も晴れる。南御室小屋で〝達人〟に出会った事はすでに記した通りである。

三日目、達人にリンドウを教えてもらったりして、楽しく歩いて終点である夜叉神バス停に着く。

土産店と宿泊所を兼ねる「夜叉神の森」でビールを飲み、蕎麦を食す。『芦安の民話集』の小冊子を買う。その一部を紹介しよう。

――昔、孝謙天皇が病に倒れた。夢枕に、「甲斐の国に不思議な霊湯あり」とのお告げ。さっそく出かけ、二年後に全快した。女帝は地蔵岳の姿にたいそう心を打たれ、全快の後、かの山に登り、安産と子育てを祈って地蔵尊を安置した。地蔵、観音、薬師の三山を女帝の法号をとって「法王」と名づけたが、後に、仏教の霊鳥である「鳳凰」にした――と。

いい話しだ。さもありなんと思う。

この鳳凰三山の山小屋で達人と出会い、賽ノ河原で女性と出会い、いずれもすれ違いのように短時間であったが、良き山歩きの三日間であった。

家に帰って早速『津軽』を開く。最後の「西海岸」の章に賽ノ河原の描写があった。

……そのお寺の裏は小高い墓地になっていて、山吹かなにかの生け垣に沿うてたくさんの卒塔婆が林のように立っていた。卒塔婆には、満月ほどの大きさで車のような黒い鉄の輪のついているのがあって、その輪をからから廻して、やがて、そのまま止ってじっと動かないならその廻した人は極楽へ行き、一旦止りそうになってから、又からんと逆に廻れば地獄へ落ちる、とたけは言った。たけが廻すと、いい音をたててひとしきり廻って、かならずひっそりと止るのだけれど、私が廻すと後戻りすることがたまたまあるのだ……。

三歳から母代わりであったたけは突然に姿を消す。そのたけとの再開が『津軽』の最終章である。賽ノ河原で出会った女性は、川倉の賽ノ河原を訪れただろうか。境遇が変わっているといいなとも考えている。

鳥海山の登山口鉾立から一時間ほどの場所にも賽の河原がある。鳥海山には三度目にしてようやく登頂を果たした。一度目は十月で山小屋が閉鎖、二度目は七月であったが山小屋が満員、日本アルプスの感覚でいたのだ。三度目は予約をしてから妻と出立する。

賽の河原は鳥海湖が見下ろせる御浜の手前にある。清らかな水が地面を這うように流れている。いずれも小さな石仏が立ち並び、風車も回っている。コトコトと回る水車はより静けさを際立たせる。丁寧に石を積み、帰りにも寄ると約束して、山頂へと向かう。

文殊岳、拝伏岳、行者岳を通る。左手下は千蛇谷雪渓とのことだが、真夏のこの時期は雪渓もわずかだ。頂上直下で清水を飲む。超満員。

鳥海山といえば日本海に浮かぶ影鳥海で知られている。宿泊客もこれが目当てなのだ。山談義が始まる。みんなふるさとの山を持っていることに納得する。

早暁、山頂はすぐそこだ。ご来光を見る人が列をなして登ってゆく。真夏だが寒いくらいだ。

見事な影鳥海！　日本海に鳥海山の影が鮮明に映っている。静寂。

影鳥海の右手に小島が見える。飛島だ、との声が聞こえる。いつか行けるかなと妻と話す。

山頂は潮が引くようにみんな下ってゆく。一瞬の宴だ。二人も寒さを感じて早々に引き上げる。

帰路は来た道を引き返す。御浜小屋から左折して、国民宿舎を目指す。長い下り坂にうんざりする。

賽の河原に寄ることなく下山してしまった。熱い稲庭うどんを食して渋川へと帰る。

山中で出会って、その後ずっと忘れられない人がいる。鮮烈な出会いだったからだろう。

日本海に浮かぶ影鳥海

三つの奇跡

山中で予期せぬものに遭遇して、決して忘れられないものがある。それが、一瞬の出来事であればなおさらだ。

妻と出かけた仙丈ヶ岳でブロッケン現象と雷鳥に遭遇した。それも同じ日に出会うなんて奇跡としか言いようがない。平成十三年のことだ。

この年は梅雨明けが例年より早く、七月十五日に出かけた。北沢峠より歩き出すが、暑さで気持ちが萎《な》える頃雪渓が現われ以後順調に進む。

馬ノ背ヒュッテに泊まり、四時三十五分に出発。一時間ほどで仙丈小屋。朝食、熱い味噌汁がありがたい。小屋の背後を進み、山頂

ブロッケン現象

への最後の上りとなった時、ブロッケン現象だ！

まず虹を見る。瞬時にブロッケン現象に変わる。手を動かすと、向こうの影も手を動かす。ジャンプしてみる。ジャンプする。

「私の影が映っている」。妻の声は上ずっている。遭遇したのは三人。男性は下の妻を呼ぶが、もう間に合わない。写真がどう写っているか楽しみだ（写真）。

未知のものに遭遇した。高揚した気分で歩く。

直後、イワベンケイを見る。高山の岩礫地に咲き、切り取っても強くて再生するので、強い弁慶にたとえて名付けられたということだ。

七時ちょうど、仙丈ヶ岳山頂に立つ。ここまで二時間二十五分、まずまずのペースだ。

山頂からの眺望は一級品だ。目の下には藪沢カールが口を開け、その底には朝食をとった仙丈小屋が、風車も見える。目を右に転じれば、鳳凰三山、中でも地蔵岳のオベリスクの岩峰が鋭く突っ立っている。

富士山は美しく、北岳は荒々しい。八ヶ岳の最高峰赤岳の三角形も駒ヶ岳の左にみえる。みんな、馴染みの山々だ。ココアを淹《い》れようとするが、強風で止める。

山頂には十五人ほど、みんなこの景観を楽しんでいる。

山頂に十五分、富士山のお鉢巡りのように歩いて、小仙丈岳へ下り出す。尾根歩きは気持ちがいい。十人ほどの団体と夫婦と、相前後して歩く。

雷鳥だ！　岩の上につがいでいる。ハイマツの下を通って、また姿を現わした。こちらを見ている。愛嬌のある歩き方をして、今度は姿を隠してしまった。遅れてきた人は悔しがる。

みんな息を詰めて見ている。雷鳥は氷河期時代の生き残りだとか、雷が鳴ると現われるので雷鳥と名が付いたとか、鳴き声が雷に似ているのだとか。しばらくは雷鳥談義に花が咲く。雷鳥が個々の登山者の心を一つにしてくれた、そんな一瞬であった。だが、次の瞬間から登山者は、個としての行動を始める。「きみはきみ、ぼくはぼく、それでいて仲良し」、これでいい。君子の交わりは、淡きこと水の如し、だ。

小動物が日本アルプスの山頂までやって来ることで、雷鳥にとって受難の時代が続いている。下界で育て、山頂に放す、これを是とするのは寂しいことだが。

さて、仙丈ヶ岳の最終章を記そう。小仙丈岳から北沢峠へは標高差八〇〇m、ひたすら下る。どの山でも最後の下りに難渋するように

孫の日本アルプス山行デビューの日の雷鳥（令和４年）蝶ヶ岳山頂付近
孫より借用する。

なってしまった。ハイマツ帯、森林帯、植林帯を通過、ようやく眼下に長衛《ちょうえい》小屋を認めることができた。

広場で憩う。ビールを飲み、ココアを淹れる。五平餅を食す。藤村の『夜明け前』では、重要な食べ物の一つだ。群馬の焼きまんじゅうの親戚である。

妻にとっても、思い出の山の一つになったであろう。


高山植物の女王コマクサに逢おう、八ヶ岳の主峰赤岳に登ろう、と妻に話してから数年が過ぎた。去年は家族で北八ツ岳を歩いた。今年は南八ツだ。

盆送りも済んだ。自家用車で美濃戸山荘まで行く。一日目の宿泊は赤岳鉱泉だ。二時間弱の歩き。準備運動にちょうどいい。夕食後、鉱泉に入れて、満足！

二日目、赤岳鉱泉―赤岩ノ頭―硫黄岳―横岳―赤岳頂上山荘（宿泊）で、歩き応えのあるコースだ。

高年の女性に追いつく。昨夜から気になっていた人だ。夕食時、周りの人から盛んに情報を得ようとしている。明日の予定が決まっていないのだ。これは危険だし無謀だ。まして単独行、年齢も考慮しなければ。写真を撮り、住所を聞いて別れる。硫黄岳から夏沢峠へ下るとのことだ。

二時間歩いて硫黄岳に着く。大きなケルンが下山道を教えている。夏山シーズンも終わりに近く、人出がすごい。女性はまだ見えない。心を残して出発する。

硫黄岳山荘―横岳、この間がコマクサの大群落、見頃もちょうどいい。妻は感嘆しきり。ピンクのジュウタン、こんな形容も偽りではない。一つ、白いコマクサが咲いている（写真）。登山道から一ｍほどの所、小さな石が周りを囲っている。清楚、一つだけがまたいい。

先ほどの女性にも、この景観を見せたかったなと思う。もう夏沢峠へ向かっている頃だろうか。

さて、ハシゴや鎖にすがって、横岳山頂に立つ。赤岳頂上山荘までがまた急登、鎖。十五時過ぎに着く。ビール・つまみ・果物、そして夕食、申し分なし。

三日目、八ヶ岳の盟主赤岳のご来光に感激し、行者小屋を経て美濃戸山荘に、やっとの思いで着く。

後日、かの女性に写真を送る。早速お礼の手紙が来る。お礼の品までいただき恐縮する。

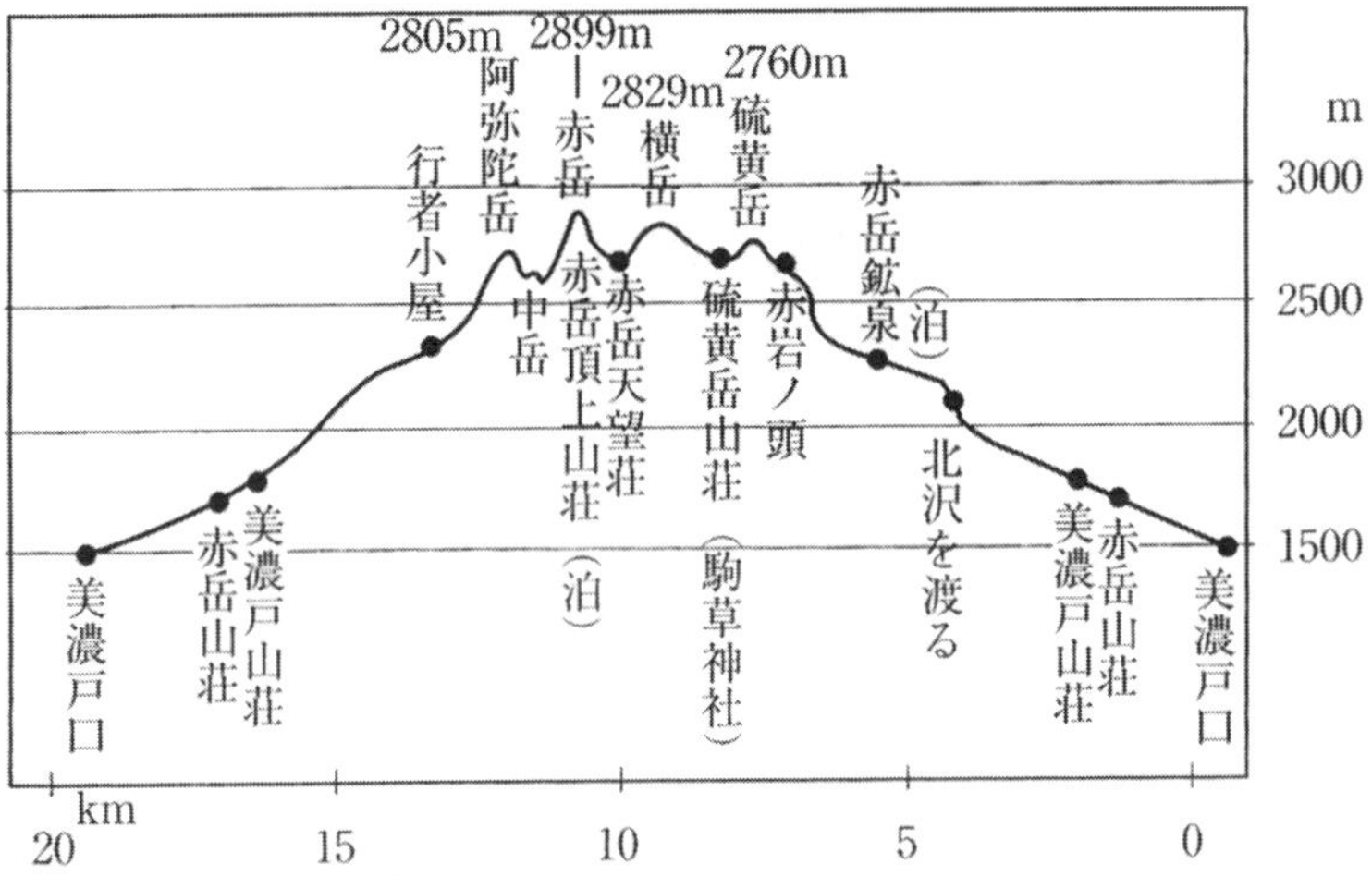

南八ヶ岳

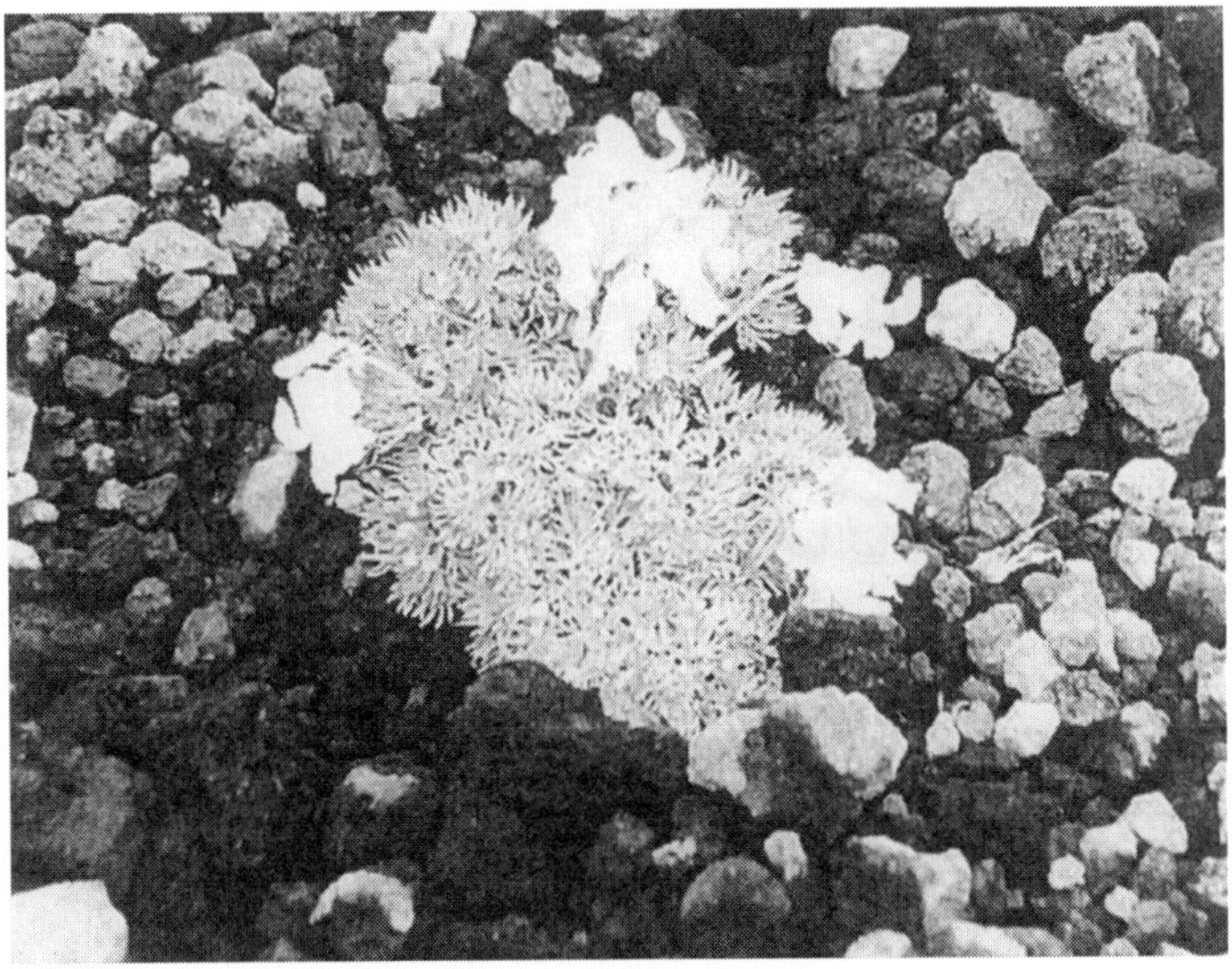

清楚　コマクサ（硫黄岳山荘―横岳）

山小屋の主

雨飾《あまかざり》下りて秘湯の山荘へ
主の筆なる「天籟」をいただく

～鋸山からぽんと出た月も
都忘れの肌照らす～

雨飾山荘の主は、ためらうことなく「天籟」と大書した（写真）。見事なものだ。天籟？　松に吹く風の意だろうか？　半信半疑で家へ帰り、広辞苑を開いた。

天籟《てんらい》……①天然に発するひびき。風が物にあたって鳴る音。②すぐれたできばえの詩歌のたとえ、とある。

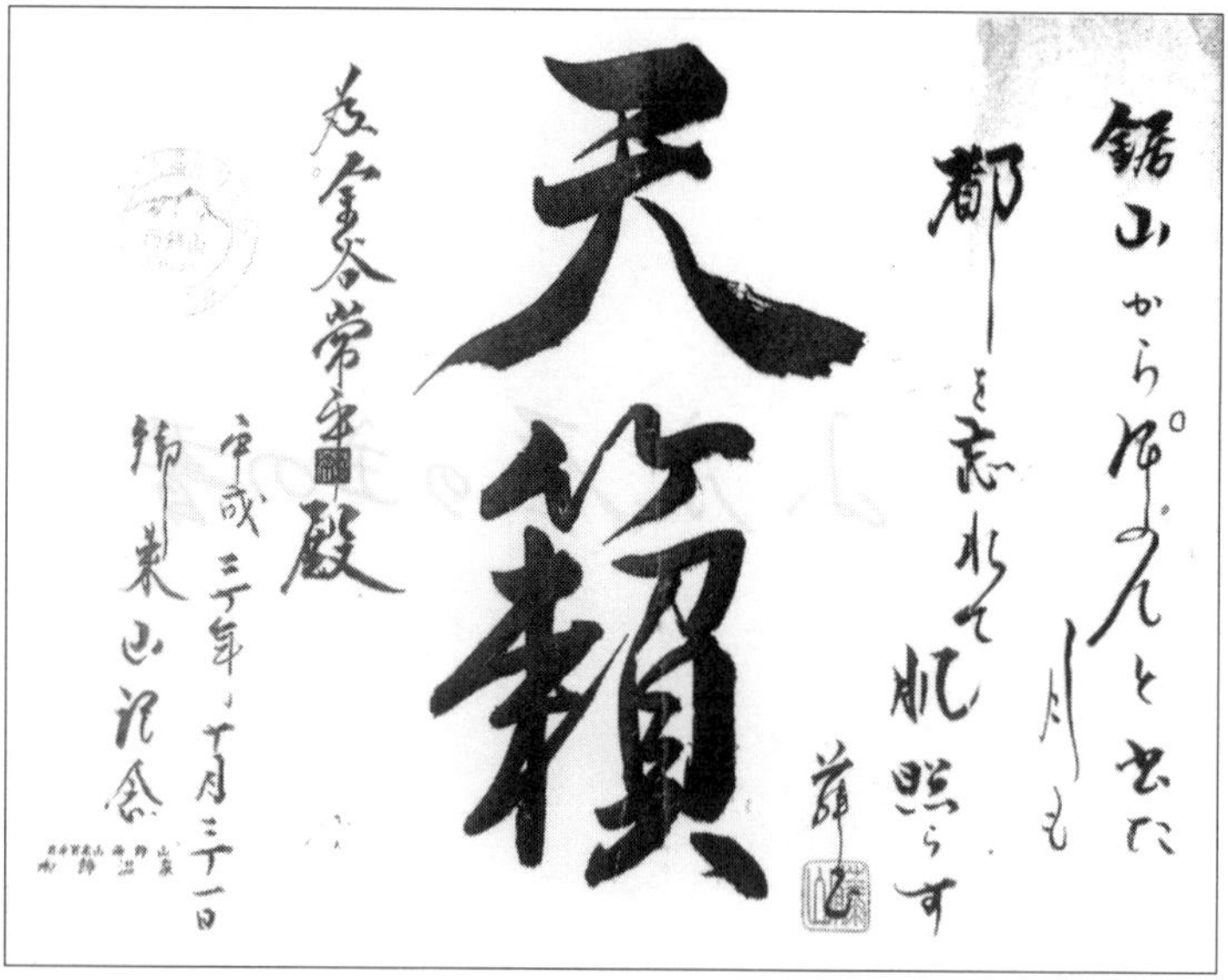

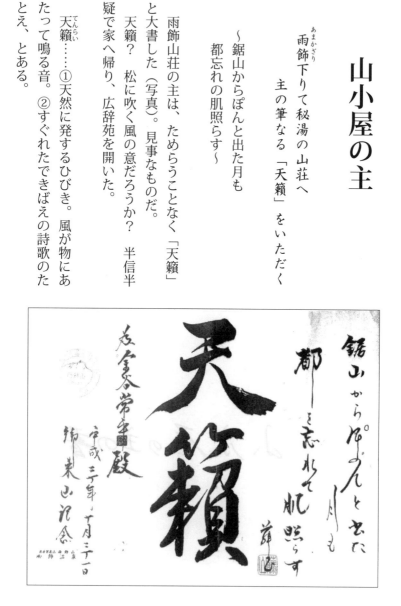

辞書的な意味はわかったが、なんだかしっくりしない。山荘の主は、こんな事を伝えたかったのだろうか。平成二十年十月二十一日とあるから、小生六十八歳の時で、まだ百名山を歩く元気があったのに驚く。

渋川―高崎―長野―松本―北小谷《おたり》。五時間半乗って、正午に着く。乗り疲れたので、雨飾荘まで歩くことにする。田舎道を三時間も楽しく歩いて、到着。正式名は小谷温泉「村営雨飾荘」とスタッフに教えてもらった。ビールを飲んで、早めに就寝、明日に備える。

雨飾山へ行こうと思い立った時、雨飾荘と雨飾山荘と似た名前の山小屋があるのを知った。一方は長野県の小谷村、他方は新潟県の糸魚川市、雨飾山は県境にあるのも知った。

二日目、登山道に人の姿はあまりなかったが、急登もしっかりと歩いて、荒々しい岩稜の布団菱も眺めて、双耳峰の雨飾山山頂に立つ。北峰には石仏と祠が、南峰には一九六三ｍの三角点があった。二つの頂があまりにも近いのが予想外であったたし、山頂に登山者が多かったのも予想外であった。

山頂から見下ろすと、笹平に登山道がしっかりとつけられている。道は人の顔のように見え、ギリシャの英雄が髪をなびかせて走っているようだ。この発見に満足し、下山とする。

十月下旬、もう登山シーズンは終わりなのであろう。少人数に出会っただけで、雨飾山荘へと到着する。若山牧水ではないが、「楽しかりききょうの山路、寂しかりききょうの山路」であった。

さて、雨飾山荘のある雨飾温泉は「都忘れの湯」という雅《みやび》の名を持っている。かつては湯治客でにぎわい、今は登山基地にもなっていると主は教えてくれる。小柄で、話しぶりはあくまで穏やか、声も大きくはない。一体に山小屋の主には共通した気質があるように思っているのだが。

小生の氏名も書いてくださる（40頁写真）。恐縮して、主に「天籟」の意図するところを聞き逃してしまったのは、誠に残念至極だ。広辞苑とは違って、主独特の思いがあるのだろうな、と思っている。

主に勧められて、山荘の庭にある露天風呂、「都忘れの湯」につかる。小動物も来るよ、とは主の言葉。ここは混浴とのことだが、ず〜っとひとり。京の貴人が人目を忍んで湯につかったのが、この湯の由来なのだろうが、かえって未練が湧いたのではないだろうか、などと考えてしまう。

主に鋸山も教えてもらう。数多くの山小屋泊まりをしたが、思い出に残る一つだ。

後年、ふとひらめいた。

天籟を広辞苑では「風が物にあたって鳴る音」としたが、「風を登山者や湯治客に、物を主や山荘に置き換えたらどうだろう。客と主が、一期一会ですばらしい一晩にする」、はどうだ。主に質《ただ》しても、笑って応えてくれないだろうな。

山小屋の主となる

山小屋の主は盆で下山して一夜かぎりの主となりぬ

「じゃあ、あと頼みます」　山小屋の主はスタスタと下山してしまった。

長男をリーダーに、娘夫婦と私たちの五人で蓼科《たてしな》山に登り、周辺を歩いたのは、平成九年八月十四日、明後日は盆送りの日であった。長男は大学時代にそれなりの山歩きをしたので、すべて任せておけばいい。

今回は地図のように、ピラタス蓼科ロープウェイ（現北八ヶ岳ロープウェイ）山頂駅から時計回りに、大きく楕円形に歩くのだ。山あり、池あり、樹林帯も草原にも出会える。

蓼科山は、北八つと称せられる山々の一番北にある山で、諏訪富士とも称せられているそうな。眺望が楽しみだ。山頂の蓼科山頂ヒュッテに泊る予定だ。

山頂駅で朝食、八時だ。ここで長男と合流する。ここは溶岩が造った自然庭園、坪庭と名付けられ、散策する人の列が絶えない。

北横岳ヒュッテを通り、横岳南峰、北峰で眺望を楽しむ。亀甲池への長い下りにうんざりする。昼食。

長男は就職してまだ数ヶ月、忙しいが仕事は充実していると言う。表情も明るいので安心する。亀甲池は静か。波一つない。登山者も通らない。

さて、蓼科山へと歩き出す。蓼科山分岐から将軍平までの急登で、二人はバテ気味。若い三人は疲れた様子もない。蓼科山荘で小休止。ここから山頂まで標高差は百七十m、大きな岩の塊を直線的に登る。下山者が次々通る。ペンキの印に従って、十五時ちょうどに蓼科山の山頂に立つ。七時間の行程、予定通りだ。


「お盆なので、これから下山します」。実直そうな山小屋の主はすまなそうに言う。麓の蓼科山荘まで戻るの？　だが主は困った人を見捨てない。笑顔で言うのだ。「ここに一晩泊っていいですよ」。注意事項を幾つか話すと、大きな石の積み重ねをスタスタと下っていってしまった。その後姿に最敬礼をしたのは言うまでもない。

諏訪富士と称された蓼科山だが、山頂は大きな石がゴロゴロ、だだっ広くて面白みがない。(今夜は山小屋の主だ！)持ち寄った食料で晩餐だ。山荘のビール、食べ物もいただいて、いい気分で就寝。火の始末が気になって、安眠できない。山小屋の主の気苦労の一端を知った一夜だ。ビール代などは小箱に置く、少し多めに。

夜は、ランプだったか電気だったか、思い出せないのは残念だ。主は健在なりや。

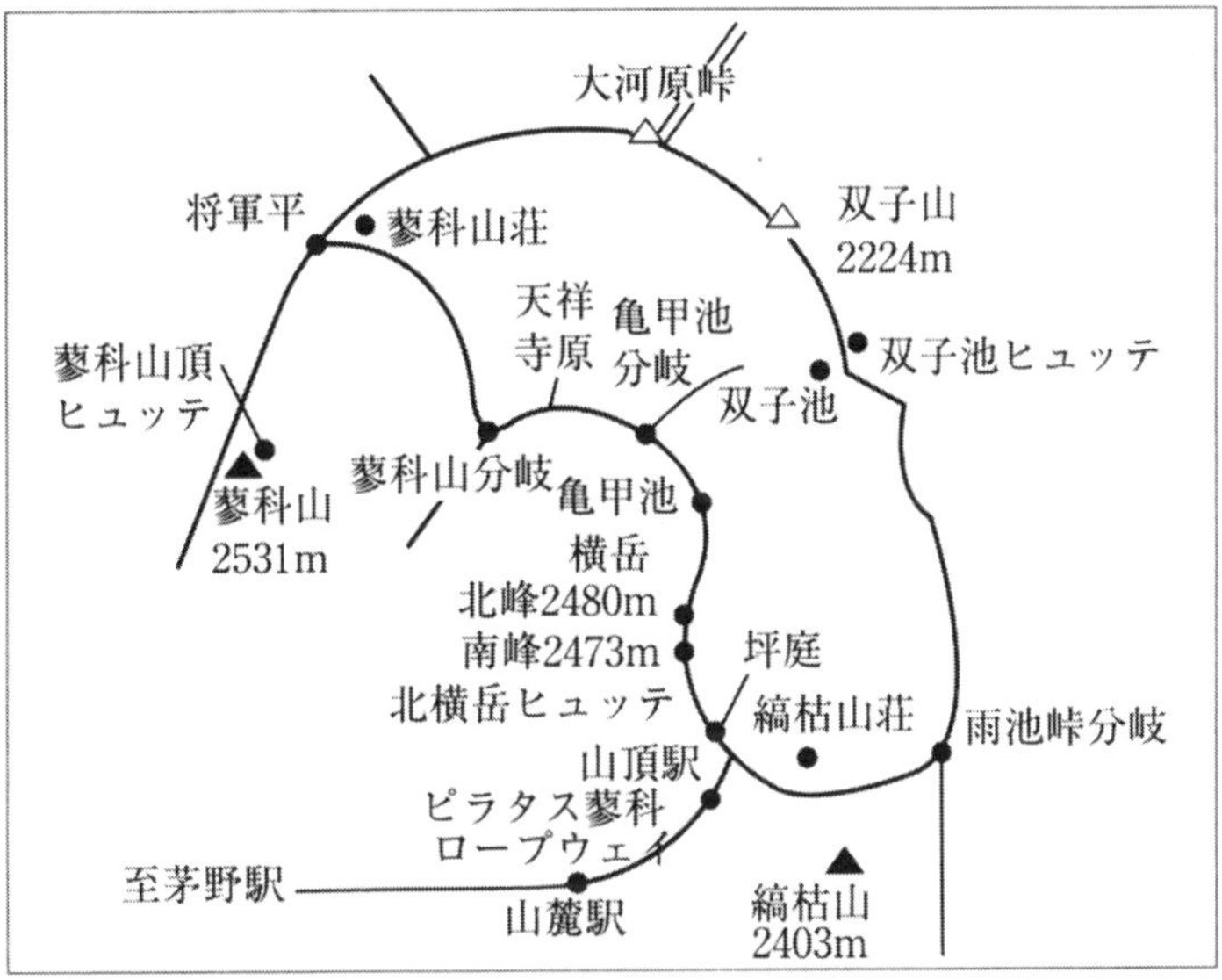
大河原峠
将軍平
蓼科山荘
双子山
2224m
天祥
寺原
亀甲池
分岐
蓼科山頂
ヒュッテ
双子池ヒュッテ
双子池
蓼科山
2531m
蓼科山分岐
亀甲池
横岳
北峰2480m
南峰2473m
坪庭
北横岳ヒュッテ
縞枯山荘
雨池峠分岐
山頂駅
ピラタス蓼科
ロープウェイ
至茅野駅
山麓駅
縞枯山
2403m

蓼科地図

蓼科山頂

二日目、大河原峠—双子池ヒュッテ—縞枯《しまがれ》山荘と、気持ちよく歩けたのは記すまでもない。縞枯現象に驚く。お盆、次男も一緒に歩けただろうか。

ロープウェイで下って食事。長男はカツ丼を好む。この時も、これを口にしただろう。十五時、長男と別れて、四人で群馬へ帰る。

翌日は盆送り。いつものように、ナスの牛をつくり、お墓へ向かう。

田中冬二の詩

山行中、素敵な山小屋に泊まれるのは無上の楽しみである。下山して温泉に入れるのもまた楽しみである。白峰《しらね》三山、楽しく苦しく、小生の山の歴史に新たな一頁を加えてくれた。

白峰三山―北岳、間《あい》ノ岳、農鳥《のうとり》岳―、いずれも三千mを超える山であり、これに、中白峰岳、西農鳥岳を加えるのだから、踏破は容易ではない。初日は、白根御池小屋に泊る。ここは現在改装中とのことで、たくさんの建築資材であふれている。

二日目は北岳登頂を目指す。朝、宿泊客の間で議論が始まる。北岳へ直登した方がいいか、二股まで行ってから北岳を目指すべきか、だ。最終的には、自分の力量に応じようで落着。当然のことだ。

小生は直登を選ぶ。急登また急登、ズボンまで汗で濡らして山頂に立つ。日本第二の高山、登山者も多い。

宿泊は北岳を過ぎてから急下降した北岳山荘。夕陽は明日の晴れを約束している。

三日目、今回の核心部を行く。五時半出発、山中に十時間はいることになる。体調はよい。出発して三十分ほどで判断できる。太陽はきょうも白く輝いている。

中白峰岳（三〇五五ｍ）。山頂直下は急登だが、なんなく歩ける。この山は不遇だ。巻き道があるので、山頂に立たず先を急いでしまう。昨日の北岳が、これから行く間ノ岳が間近かに望まれる。

間ノ岳はもっと不遇だろう。わが国第三の高山（三一九〇ｍ）なれど、名前がよくない。北岳と農鳥岳の間の山くらいの感覚で名付けたとしたら、失礼というものだ。どうか違う理由であってと願っている。日本百名山には興味はないが、さすが深田久弥、百名山の一つに加えたのだ。

その間ノ岳は、中白峰からゆったり下り、最後にちょっとした上りで着ける。山頂は平坦な地形で、気分まで解放されるようだ。南アルプスが本拠地だという男性に会う。

「南アルプスは、山小屋も登山道も整備されてきたから、これから登山者が増えるだろうね」と。増えすぎても困るし、と付け加える。食事に不満を漏らすような人はごめんだね、と応じる。

さて、農鳥小屋を目指して、広い尾根をとっとと下る。気分爽快、もう前へ進むしかないと覚悟する。これで気分も軽くなってきた。農鳥小屋の赤い屋根が見えてきた。

西農鳥岳（三〇一五ｍ）を越え、農鳥岳に立つ。標高三〇二六ｍ。いま十時二十五分、北岳山荘を出発してから四時間五十五分。まずまずのペースだ。緊張感からかお腹も空かない。山頂には男性三名、みんな単独行のようだ。若い女性がひとりでやって来た。周囲の景観を目に焼き付けて、白峰三山ともお別れだ。快晴続きの三日間に感謝だ。

山頂直下の急下降、慎重に歩く。農鳥岳を百名山に採用しなかったのはなぜだろう？　と考えだしたのは緩斜面になってから。農鳥岳、山名も申し分ないのにな。

山頂の女性に追い抜かれる。二本のストックを巧みに使い、スキーのスラロームのように下っていく。奈良田まで行くのか、そんな軽快さだ。

　奈良田への鉄塔が見えてきた。思っていたより小さい！　見落としたらどうしよう、家を出る時からずっと気に掛かっていたものだ。ようやく緊張感が薄れる。大休止。おにぎり、水、間食、一度に摂る。きょうは、逆コースを歩く人にひとりも会わない。農鳥岳への道のりが長いからだろうか、などと考えてみる。

　さらに二時間歩いて大門沢小屋（写真）に着いたのは、十五時半。出発してから十時間後だ。素敵な一日。

　大門沢小屋は高齢の夫婦がやっていて、今夜の泊りは三人の団体客、単独者三名だ。夕食時、昔の苦労話を聞く。営林署の立ち会いの下で樹木を切り小屋を建て、食料は下から運び上げたとのこと。息子が山小屋を継いでくれることになったので、一安心とのこと。ほっとした表情がいい。そんな老夫婦に乾杯だ。小屋は決して小綺麗ではないが、永年のふ

大門沢小屋

たりの苦労が滲《にじ》んだものだ。飲んだビールは潰して、篭に入れる、こんな山小屋がいい。満天の星。

四日目、六時に大門沢小屋を発つ。同宿者は誰もいない。「おばあちゃん、元気でね」、が別れの言葉。男性に抜かれ、女性に抜かれ、発電所で休む。奈良田のバス停に、十一時三十五分に着く。大満足。

山歩き後の楽しみは温泉と食事だ。「奈良田の里温泉」に入り、隣の食堂で昼食。蕎麦、ビール、焼き肉、さらに蕎麦がきまで食す。程よく酔って、散策。「歴史民俗資料館」に入ってみる。受付に誰もいない。田中冬二の「山郷」だ！　釘付けになる。ここは焼畑の地、日本の原風景が歌われている。暗い室内に合った詩。働き手は山で焼畑を、家を守る祖母と孫。情愛。

蕎麦の詩を思いつくが出てこない。帰って調べてみる。

――しぶしぶと雨が降り新蕎麦と書いた行灯が出て

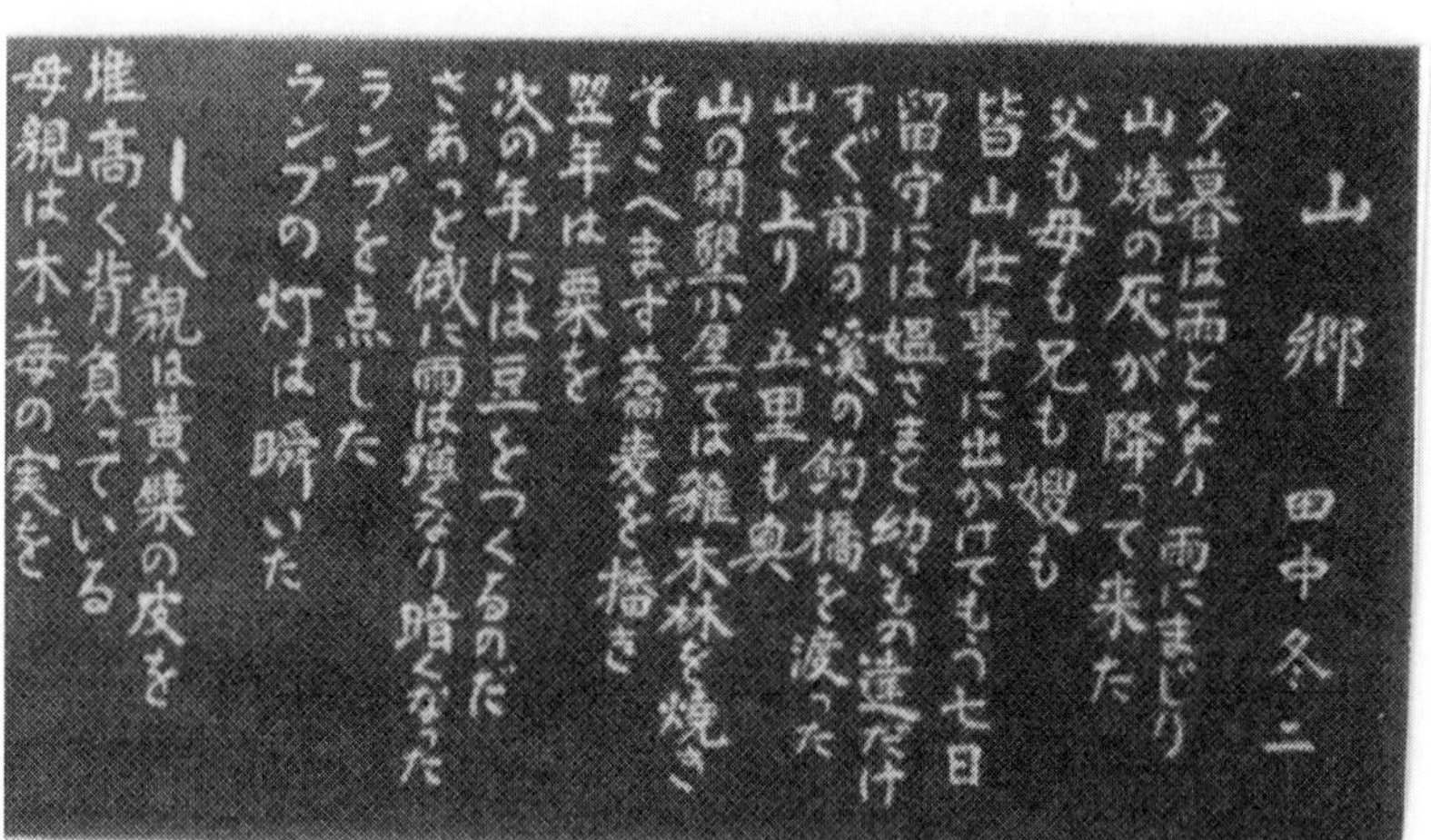

田中冬二の「山郷」

いた　山がせまり　二つの山が落ち合っていた――

『小さな山の町』

※山小屋の主となる―大門沢小屋―

『山と渓谷』（二〇二二年十二月号）に大門沢小屋の主が紹介されていた。

二〇一八年、二十一歳で父が長年携わってきた大門沢小屋の主となったと。

老夫婦の安堵した顔が浮かぶ。ご苦労さまでした。

「おばあちゃん、良かったね」。

「これから山の勉強をする」と若き主は語る。ご自愛ください。

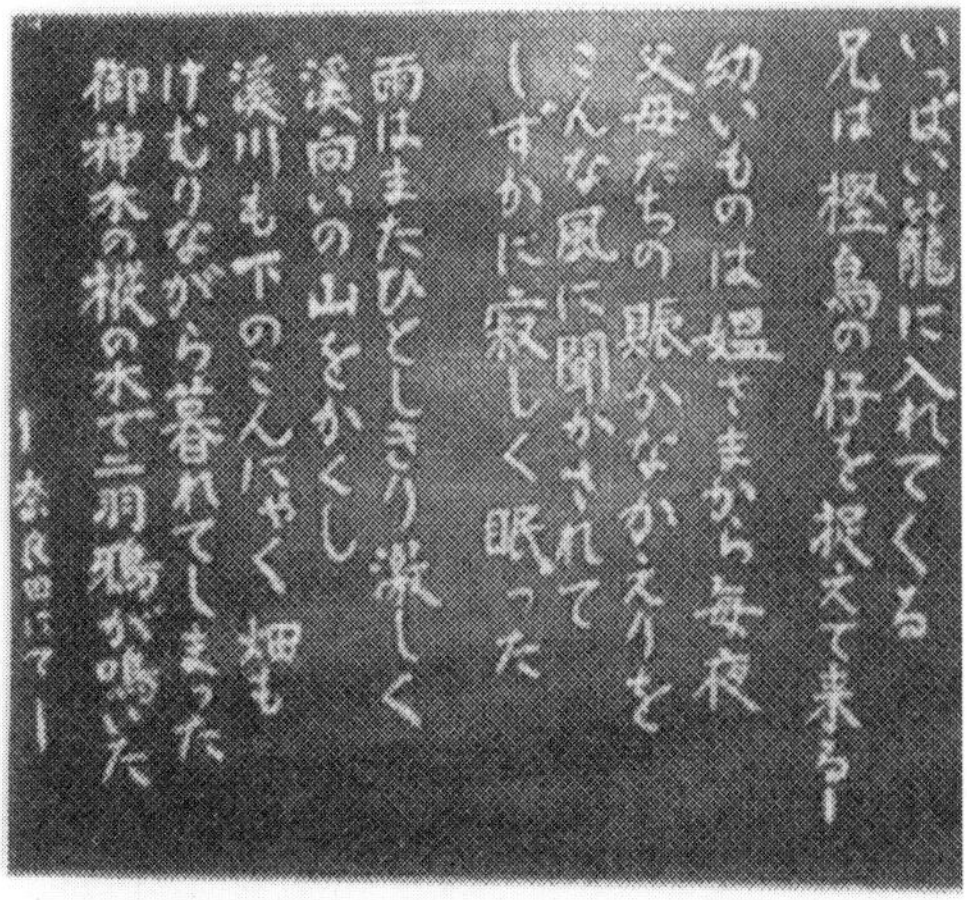

奈良田にて田中冬二の詩に出会う焼き畑農業親子の情愛

山歩き終えて十年ハイマツの尾根道歩く孤影の夢見る

再びの尾瀬

一葉の写真を手にして思い出すあの日あの事今は亡き人

一葉の写真から思い出すことが、あれこれとある。

これは二男と三平峠で撮ったものだ（写真）。大清水の駐車場に車を置き、林道を歩いて汗が出る頃登山道へ、ぐんと登り上げると三平峠だ。今は鳩待峠から山ノ鼻へ下って尾瀬へ出るのが一般的だが、かつては沼田駅から大清水へ、未明に続々とバスが出ていたものだ。三平峠から尾瀬沼が遠望できる。尾瀬へやって来たなと実感できる場所だ。

二男との尾瀬は、平凡なものであったろう。三平峠―長蔵小屋―尾瀬沼一周―三平峠―大清水駐車場。休憩、昼食を摂りながらの、ただ黙々と歩きに行ったようなものだ。

服装から夏休み、それもお盆の頃だろう。あの頃の中学校の夏休みは連日の部活動が当然で、休みはお盆くらいしかなかったのだ。

二男は近くの山々を家族と歩く時も、普通には歩かない。走っていったり、遅れてきたり、道ばたのあれこれを眺めたり、自在だ。こんな時、長男は長男としての行動をとる。

二男は音楽的センスがあったのだろうか。あの頃の高校野球は、蔦監督率いる池田高校の全盛期でやまびこ打線が売りであった。また、ＰＬ学園は実力も人気もあった。

「勝つたびに校歌が流れる。何回か聞くうちにピアノやピアニカ、ハーモニカで弾き出した」と、妻は述懐したものだ。小三の頃だ。

池田高校の復活を願っている。あの勇姿を応援する二男をもう一度見たいものだ。

後年、四国遍路を行った際、コースをはずれて山間部の池田町を訪れてみた。なんだか前にも来たような印象を持った。

二男は、当時は不治にちかかった病になり、中学二年になった春、急逝した。

尾瀬　三平峠にて

【第二章】

野菜栽培の記

——みんな違ってみんないい——

出芽よし花よし実よしみんなよし
野菜づくりは三百六十五日

十五夜に植えると十五生るという
古老に学びてラッキョウ植える

エジプトのツタンカーメンのエンドウ豆
今年も咲けり高貴な紫

野菜の花の女王オクラの花

太古の夢蘇る ―ツタンカーメン王のエンドウ豆―

何事にも飽きっぽく執着心がない性格だが、唯一五十年にもわたって栽培し続けている野菜がある。ツタンカーメン。ツタンカーメン王のエンドウ豆だ。

――ツタンカーメン。古代エジプト（前十四世紀）のファラオ（王）。九歳で王に就く。十五歳で死去――

彼の資料はほとんど残っていない。……。

――一九二二年、彼の墓が王家の谷で、ほとんど未盗掘のまま発見された。この発掘に関係した科学者たちが次々と死んだため、ファラオの呪いとして有名になった。――『コンサイス外国人名事典』――

死因もマラリア説、事故説などあり、有名人の死としての暗殺説まである。

副葬品は膨大で、その中の一つに革袋に入れ

ツタンカーメンのエンドウ豆の花

られたエンドウ豆があった。発見者のカーターはイギリスへ持ち帰り蒔いたところ蘇ったのだ。この種が世界へ広まり日本へ、そして、わが家へやって来た。ツタンカーメン王のエンドウ豆として。

だが、この豆は偽物だとする人たちもいるのだ。

前述のように花が紫色で高貴だ。今のそれは白色だから、やはりエジプトからやって来たものと信じている。イワシの頭もナンとかだ。他にも確証はある。

手に入った由来を言えば、ある中学校に勤めていた時、生徒会顧問であったが、「温故知新」と題して文化祭を行ったことがあった。茨城県のM市の小学校で栽培していると知り、当時は貴重な五粒を分けてもらった。文化祭は好評であったと覚えている。

今でもあの小学校では栽培を続けているのだろうか。

文化祭が終わり、カーターのように家へ持ち帰って蒔いたところ、芽が出て紫の花が咲いて、種になった。以来半世紀、栽培を続けている。太古の夢、蘇るである。

毎年、十一月三日に蒔くことにしている。特に理由はない。プランターに八粒ほど。エジプト育ちだけに寒さには弱いとのことだが、少しの雪には負けない。

二十㎝ほどで冬越し、二月から生長を始め、体長は百二十㎝ほどになる。豆類だけに肥料は要らない。五月には紫色の花が、次いで濃い紫色のサヤが生まれる。今のそれは緑色だから、やはりツタンカーメン王時代の物なのだろう（写真）。この頃が最盛期だ。太古のエジプトを想うのもこの頃だ。高貴な人は紫色を好んだそうだ。豆は当時の常食であったのだろう。副葬品の一つに加えられているのをみてもわかる。

悠久の流れのナイルを想い、シーザーやクレオパトラを想う。夢は広がる。

収穫したツタンカーメンのエンドウ豆のサヤを割ってみると意外や緑色なのだ。いま食しているそれと同じだ。がっかりする。偽物か？

観賞用の豆で満足していた。出芽を喜び、花を愛で、初夏に種を採る。これで満足していた。

うかつであった。思いもよらなかった。この豆は食べられるのだ。当時の常食だから当然のことだ。それも見事に変身するのだ。

令和三年は畑に大量に蒔く。翌年の五月に大量の豆が採れる。畑にある紫の花、サヤは新鮮だ。

ツタンカーメンのエンドウ豆のサヤ　右の三つ

妻の協力を得て、実験する。大成功だ！

米三合を炊く。豆も最初から炊く。この時、サヤを煮詰めておいた煮汁を加える、これがミソだ。

炊き上がってしばらく保温すると赤飯のように色づいているではないか。かなりの濃さだ（写真）。五、六時間も保温すればもっと色づくとのことだが、待ちきれずに食べ出してしまった。ファラオの、三千年前の味がしたと言えば、言い過ぎだろうな。

豆は歯応えがないくらいの柔らかさになっており、これは炊いている途中で入れるのがいいかもしれない。写真をしっかり撮って、実験終了となる。

翌日の朝も食したが、色の濃さは変わらなかった。

ツタンカーメンと言えば黄金のマスクだ。二十世紀最大の発見物と言われたが、当時の生活を知る手掛かりの一つであるエンドウ豆も貴重な遺物だ。

色づいたご飯

花の色、サヤの色、ご飯の色、やはり本物と信じて来年はもっと大量に栽培する予定だ。孫たちに送ってみよう。――シーザーやクレオパトラも口にしたツタンカーメン王のエンドウ豆だ――との手紙を添えて。

若き王のミステリアスなエンドウ豆太古より目覚めいま咲かんとす

とんだ濡れ衣 ―ゴボウ―

地味なれど味と香りは一級品出芽願いてゴボウの種蒔く

駅伝競争などで「ごぼう抜き」という言葉を耳にする。数人のランナーを一気に抜き去るたとえとして使われている。韋駄天だ。

我が家のゴボウはスポッと抜けない。榛名山の噴火で軽石が層を成しており、スコップの深さ（三十㎝）しか掘れないのだ。収穫すると丸太ん棒のごとくだ。

だが、ゴボウ独特の香りと歯触りは健在だ。おせち料理には欠かせない食材である。どんな料理にも合うのに脇役に甘んじてきたのは外観が地味過ぎるからだろう。外皮に栄養があるのに気づいてようやく常時食卓に上るようになってきた。

ここ三年ほどは、肥料の袋に土を入れ長く伸ばすように工夫している。近くの農家を見習ってのことだ。

　芽が出たら、あとは水遣りだけに気を配ればいい。栽培は容易だ。ただ、葉が大きく茂るので他の作物を近くに栽培してはならない。

　青森県が最大の産地とのことで意外であった。いまは茨城県や群馬県、ほぼ全国区になってきたのは喜ばしいことだ。スーパーでの置き場も替わってくるだろう。

　牛蒡になぜ牛の字が使われているのか永年気掛かりであった。一説では中国で蒡という草があり、それよりも大きいので、大きい意味の牛をあてたのだそうだが、なんだかしっくりしない。

　だがこれによって、ゴボウは中国を経て日本にやって来たことがわかる。原産地はユーラシア大陸で、平安時代には薬草として用いられていたそうだ。あの独特の香りは薬として通用しそうだ。

　ところで、「牛蒡裁判」をご存じだろうか。

ゴボウの出芽

太平洋戦争中、新潟県N市の捕虜収容所で虐待があったとのことで軍事裁判が開かれ、収容所の警備員らが死刑判決を受けたものだ。訴えの一つに木の根を食べさせられたとのこと、これに当時の所長は次のように反証している。

——……藁靴を与えた事も虐待視されているが、これは雪国に住む我々が保温用の履物として最も重宝しているもので、大型のを特別注文したものである。……木の根を食べさせられたと訴えているのは牛蒡のことで、これは日本では立派な野菜であり、高価なものなのだ……——、と。

食文化の違いによる誤解で、お互いの国の人たちにとって不幸な時代であったと言わざるを得ない。汚名を着せられたとはいえ、ゴボウは今やヘルシー食品として世界食になっている。

余談だが、「私は貝になりたい」というテレビドラマ、年配の人なら視聴したことがあろうか。平凡な理髪師が召集され、敵兵を殺すよう上官に命令される。戦後、軍事裁判で死刑となる。処刑の日を待ちながら、——生まれ変われるなら、深い海の底の貝になりたい——と遺書を遺す。フランキー堺の好演で話題となった。

ゴボウは健康食品だ。食物繊維が豊富で便通を促すという。体が冷えやすい晩秋からが旬だ。煮物、鍋物、サラダ等、なんでもござれだ。

ところで、ゴボウの花を見た人はいるだろうか。花が咲く前に収穫してしまうので、幻の花(次頁写真)だ。春に種を蒔き翌年の六月頃に、アザミに似た花が咲く、二年草だ。秋に一株残して置くのが肝心だ。

しっかり防御された種。花言葉がおもしろい。

――わたしを触らないで――、又、――わたしをいじめないで――だそうで、命名者に脱帽である。

彩りを添えるもの ―山葵、独活など―

・山葵　独活　蕗（蕗の薹）　芹　自然薯　茗荷　明日葉　三つ葉　山椒
＊右の九つは何と読むでしょう?
＊右の九つに共通するものは?

蕗の薹は早春に我が家で最も親しまれている野菜の一つだ。香りと苦味が春の到来を告げている。

年の内に春は来にけりさ緑の衣まとひしふきのたふ採る

暖冬の年は年末に採れ、正月飾りの一つとして神棚に供える。また、素人蕎麦打ちの天ぷらや

ゴボウの花

少量の薬味としても使える。主役ではないが、添えることで彩りが豊かとなる。食卓の名脇役である。

あの早緑《さみどり》の色合い、形も愛らしい。

雪解けの畑の隅の枯れ草の中に見つけし蕗の薹二つ

畑の隅に蕗を数株植えたのはもう十年も前のことだ。繁殖力は旺盛で、竹のように地下に根を張り巡らせる。二月、雨や雪が降り、暖かい陽が射すといっせいに芽を出す。花言葉は「仲間」だそうで、ふさわしい名前だ。

一週間もすると固い衣の先端が開いて白黄色の花が開く。この頃が旬なのだろう。

俳句の季語では蕗の薹は春で、蕗は夏、日本人の細やかな感性が感じられておもしろい。

天ぷらや薬味の他、我が家では蕗入りのお焼きが好評だ（次頁写真）。畑仕事をした後の昼食にちょうどいい。群馬の名物である焼きまんじゅうに匹敵するし、信州の野沢菜を入れたオヤキに勝るとも劣らない。立ち上る湯気は食欲をそそる。腹持ちもいい。

春先には蕗の薹を口にし、晩春からは蕗を食べる。四十㎝も伸びた葉柄はやや紫がかった緑色で、皮を剥いて伽羅蕗《きゃらぶき》などにする。山で大量に採り一年中口にする人もいるそうだが、熊が怖いので当方は山へは行かない。それでいてコシアブラ、タラの芽などが届くと相好をくずすのだから勝手なものだ。

葉柄の先端の大きな葉は生気が感じられず、破れ傘のようで面白みがない。

さて、冒頭の漢字の読みは、
わさび　うど　ふき(ふきのとう)　せり　じねんじょ
みょうが　あしたば　みつば　さんしょう
九つに共通するものは、日本原産の野菜です。
これらは主菜にも副菜にもなれず、腹の足しにもならないが、主役を引き立てる名脇役として貴重な存在だ。脇役あっての主役だ。

花言葉を紹介しよう。蕗の薹のそれは三つもある。
①仲間……前述のように、春先に次々と顔を出すから。
②愛嬌……小さな花が集まって可愛らしく咲いているから。
③待望……まだ雪の残る春先に芽吹くから。

蕗入りのおやき

三つも持つとはちょっと欲張りだが、それだけ待ち望まれているからだろう。

蕗の花言葉は「わたしを正しく認めてください」だ。薬効があることで知られ、咳を鎮めたり、痰を切るなどの他、切り傷や虫刺されにも効くとのこと。優れ物なのだ。

ところで、花言葉はダレが考えついたのだろう、当然の疑問だ。一説では与謝野晶子に関わるとのこと、興味津々だ。

部活動の肌の色 ―茗荷―

――むかーし、昔、お釈迦様の弟子に周利盤特《しゅりはんどく》という仏道に優れ、悟りを開いた者がおったと。

盤特は優れた人物なのに、なぜか物忘れがひどく、自分の名前さえ忘れてしまうんだと。

そんで、不憫に思ったお釈迦様は首から名札をさげさせたんだと。

それさえ忘れて、生涯自分の名前を覚えることができなかったと。

盤特が亡くなった後、その墓から生えてきたのが、茗荷だったそうな。

そんで、茗荷を食べると物を忘れるという言い伝えができたんじゃ。おしまい――。

日本原産の茗荷にお釈迦様が出てくる。不思議じゃあ。

我が家の茗荷は不遇だ。家の裏のブロックに囲まれた一角の半日陰で育ち、重宝されるのは盆の前後のみ。冷や麦やそうめんの薬味として、茗荷汁としてのみ。

暑気あたりに効くとのことだから、盛夏が旬なのだろう。

七月、淡紅色で堅い、円錐形の花穂が筍のように地上に現われる。これが茗荷の子で、しばらくすると淡黄色の花が咲く。花が咲いてしばらく経ったのは、もう食指が動かない。触ってみるとふわふわで締まりがなくなっている。

八月に出荷されるのが夏茗荷、十月のそれは秋茗荷と呼び名が異なるそうで、こんなに需要があるとは思わなかった。

茗荷は色艶がいい、輝いている。夏、中学生が部活動に熱中し、太陽の下で日焼けした肌の輝きにそっくりだ。生きている肌の色だ。

漢字では茗荷と書くが、これは「自分の名を背に荷なって努力し続ける」ということから名付けられたとのこと。花言葉は「努力」で、半日陰で湿気のある場所で生長するのだから、部活動でも努力で成果を上げて欲しいものだ。

茗荷

落語の「茗荷宿」はおよそ忍耐にそぐわない話。

――貧乏な宿屋に大金を持った客が泊る。主人は茗荷を食べさせ大金を忘れさせようとするが、客は宿代を忘れていってしまった――。たわいない話だ。

茗荷は日本原産だ。ピリリとした山椒、明日には生長しているという明日葉、純白のウド、季節の芹もしかりだ。今後も食卓に彩りを添えることだろう。


　　茗荷色夏の部活の少年の肌の輝き勝利を目指せ

盆送迎の主役―ナス、キュウリ―

夏の野菜の定番といえばナスとキュウリであろう。栽培は容易だし、どちらも体温を下げる効果があるという。ナスの濃い紫、キュウリの緑、色の対比もおもしろい。

ナスはインド東部の暑い地域が原産地で、中国を経て八世紀には日本で栽培されていたそうな。夏の盛りの作物なのだ。

庶民に親しまれただけに伝承に事欠かない。

まず、一富士二鷹三なすび。初夢に見ると縁起がいいと言う。駿河の国の名物を並べたものとか、家康が好んだものとか。さらには判じ物のように、富士は無事や不死に、鷹は高いや貴いに、ナスは成すに通ずるからだとする説がある。

次に、親の意見となすびの花は千に一つの仇《あだ》もない。仇とは無駄のこと。

そして、秋なすは嫁に食わすな。嫁をいたわった語とも、いびった語とも言われている。

だが、これらは死語になって久しい。初夢を話題にするほど世の中は暇ではない。ナスの花はかなり落下するし、親の意見は慎まなければならない時代だ。核家族がほとんどで、昭和も遠くなりにけりだ。

伝承は無くなってきたが、ナスは健在である。

花は紫、下向きに咲くので覗き込まないと中心の黄色い雄しべが見えない（写真）。恥ずかしがり屋なのだ。実は濃い紫。片手にちょうど収まる大きさ、重さも手ごろだ。あの丸みは自然の造形とは思えない。朝露に濡れた風情もいい。

不揃いもまた良し

ヘタにある棘《とげ》は注意しないといけない。不用意に触ると声を上げるほどの痛みが走る。堅くて鋭いのだ。この棘が新鮮さの証なのだが、スーパーなどで買う頃にはもう張りを失っている。

我が家では長方形で艶のある千両ナスを栽培している。種苗店では他に丸・水・長・白ナスとにぎやかだ。

ナスは水で育つというくらいに水を欲する。不足すると生気を失う。葉が縮れたり病気になったりする。水遣りと追肥さえしっかり行えばいい。古老は、家族数と同じ数の苗を植えろと言う。

ここ数年は気温が高く、小粒で実の引き締まった秋ナスにお目にかからないのは寂しい。いつまで経っても大きいままなのだ。

ナスは漬けた物でよし、煮物でも揚げ物でもよし、守備範囲は広く重宝な夏の野菜の代表格だ。


夏の午前、畑で働きたっぷりと汗をかき、シャワーを浴びて下着を替え、冷やしたキュウリを二つに切って味噌や塩を付けて口にする。昼食前の楽しみの一つだ。

キュウリは水分を九五％も含んでいるとのこと、水分補給に役立つし利尿効果もある。ただし、胃腸の弱い人は食べ過ぎに要注意だ。緑色が新鮮だ。

インドのヒマラヤ山麓が原産地で、中国の胡《こ》を

ナスの花

経てきた瓜なので、胡瓜と書く。日本では平安時代には食べられていたそうだが、人気はいま一つだったようだ。黄色くなってから食べていたとの説もあり、黄瓜とも木瓜とも書いていたそうな。水戸光圀は、作るべからず食べるべからず、と言ったとか言わなかったとか。

だが、今では夏野菜の代表格だ。群馬は野菜王国、キャベツを筆頭に野菜の生産量は全国屈指を誇る。首都圏に近いこともあるが、なにより気候がよい。夏は適度の雨、冬は日照時間が長い。勤勉な県民性も忘れてはならない。

我が家は支柱栽培と地這栽培と二刀流だ。四月に支柱用の種を蒔き、八月に地這用のそれを蒔く。つるはうまく誘引する必要がある。自力ではうまく支柱に巻き付けないように感じる。地這には藁を敷く。近くで米作や麦作が見られなくなって久しく、藁の入手が困難になってしまった。今は刈り取った草などを敷いている。

藁や草に隠れて大きくなっていると、妻はキュウリもみにする。もったいない精神旺盛なのだ。二日見ぬ間に、もう大きく成り過ぎている。

キュウリの用途は広い。しゃきしゃきと歯応えがあってこそだ。生食、サラダ、漬け物は最高だ。夏の塩分補給にも最適だ。

九月中旬、気温が下がると体が欲しなくなってくる。正直なものだ。

ナスとキュウリは盆になると大事な役割を担う。ナスは牛となり、キュウリは馬となり、亡き人の送迎に使われるのだ。小枝で足を、とうもろこしの毛で尻尾を付ける（写真）。

迎え盆は早く迎えたいのでキュウリの馬を、送り盆は名残が惜しいのでナスの牛なのだ、との古老の言葉に日本人の琴線に触れた思いがした。

いま伝統行事は廃れて久しい。特に家庭で行うべき豆蒔き、節句、七夕、お月見、餅つきなどなど。我が家では子どもが自立するまで必ず行った。今は妻と二人の生活だが近所に聞こえるほどの声で豆蒔きを行っている。声を出すのは楽しいものだ。

実家の墓にナスとキュウリの牛馬を見つけるとホッとする。伝統は引き継がれているのだ。

夏は雑草との戦いだ。妻は雑草退治に精を出す。小学生の頃、父に褒められたという記憶が残っているのだろう。時に膝が痛くなる。いい加減では気が済まない性分なのだ。当方は野菜の管理が中心だ。

十月になるとようやく雑草も勢いを失う。神無月の頃は畑へ行くのも楽しくなってくる。

梅雨明けて野菜と雑草《くさ》との背比べ三日見ぬ間
に雑草の勝ち

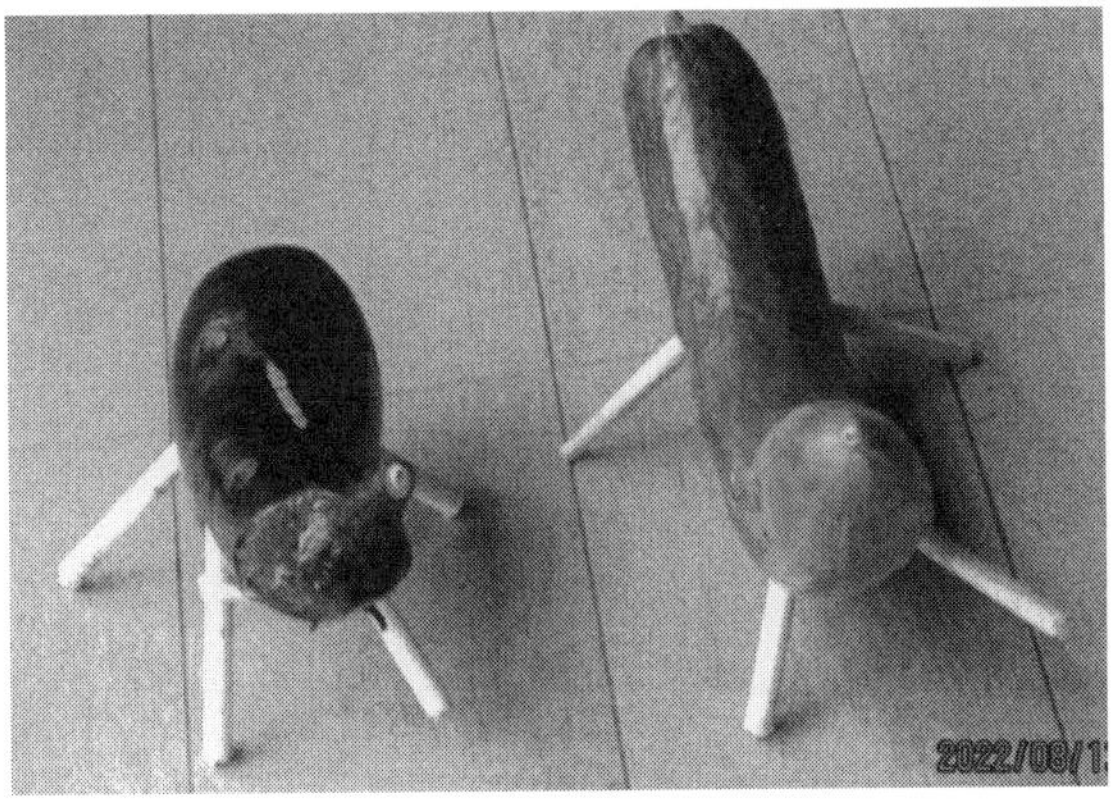

盆迎えのナスとキュウリ

幼き日雑草《くさ》とり父に褒められる妻七十八今も雑草引く

【閑話休題】カッパ捕獲許可証（写真）

キュウリからカッパ巻きを連想し、カッパ巻きからカッパを連想する。カッパの好物だからだ。

七、八年前、妻と遠野地方に遊んだ。民話を聞き、遠野蕎麦を食した。人と馬が共に暮らした曲屋など見て懐かしかった。子どもの頃、曲屋らしき物が近所にあったのだ。

遠野市の常賢寺の裏を流れる小川の淵はカッパ淵と言われて、昔からカッパが住んでるとされた。ここを通った。周辺はうっそうとした茂みで、小さな祠が見える。いかにもカッパがいそうな雰囲気だ。いたずら好きのカッパに会いたいと願ったものだ。

遊び心で、記念に「カッパ捕獲許可証」を手に入れた。

二、三年、更新した。令和四年にまた更新した（写真）。遠野市観光協会が発行したもので、立派なお墨付き、許可番号　００３６９２号、この遊び心やよしだ。

なんだか遠野へ行けそうな気持ちになってきた。コロナ禍もだいぶ落ち着いてきた昨今だ。

許可証の裏面に「カッパ捕獲７ヵ条」書かれている。

1、カッパは生捕りにし、傷をつけないで捕まえること。

2、頭の皿を傷つけず、皿の中の水をこぼさないで捕まえること。
3、捕獲場所は、カッパ淵に限ること。
4、捕まえたカッパは、真っ赤な顔と大きな口であること。
5、金具を使った道具でカッパを捕まえないこと。
6、餌は新鮮な野菜を使って捕まえること。
7、捕まえたときには、観光協会での承認を得ること。

表面には、釣られたカッパと釣り人がビールで乾杯しているイラスト、つまみは遠野名物の「ジンギスカン」とのことだ。『遠野物語』の柳田国男も微笑んでいることだろう。

六月二十一日、キュウリ初収穫、明日は夏至だ。

カッパ捕獲許可証

啄木を想う　―ジャガイモ―

馬鈴薯の薄紫の花に降る／雨を思へり／都の雨に

よく知られた石川啄木の短歌だ。神童と言われ、日本一の代用教員にならんとするが、石を持て追われる如く故郷を去る。両親、妻子を抱え困窮のうちに二十六歳にて肺結核で死す。二度と故郷渋民村へ帰ることはなかった。

ジャガイモの花を見ると、この歌が蘇ってくる。地中の芋は武骨だし、葉は愛想がない。魅了されるのは花だ。紫薄の少し控えめな感じで、中央の黄色は鮮やかだ。少しの雨に濡れている風情がいい。啄木の世界だ。

ジャガイモは北海道が全収穫量の七割以上を占める。馬は耕作に使われ、馬が付けた鈴に似ていた芋なので馬鈴薯と呼ばれるようになったとか。一方、ジャワ島のジャガタラからオランダ人が長崎へ持ち込んだジャガタラ芋からジャガイモと呼ばれるようになったそうな。呼び名が違ってもカレー料理の主役であることに変わりはない。

北海道の馬はばんえい競馬で健在だ。一度は観戦したいと思っているのだが。

ジャガイモは、三月末に種芋を植える。春休み中の孫が植え付けに来る。等間隔に置いて土を掛ける。この孫も大学生となった。実家から離れて住むようになったので送ってやろうと思っている。

　ジャガイモにとっての大敵は四月半ばまでの遅霜だ。芽が出た直後だけに黒ずんでしまう。

遅霜はジャガイモの葉を黒くする
　　自然の怖さこの畑にも

　気象予報士は遅霜対策を呼びかけるが、寒冷紗で全面を覆うわけにもいかない。解決策があったら教えて欲しいものだ。

もう一つの大敵は害虫だ。こいつが取り付くと、四、五日で葉脈だけを残して葉がなくなってしまう。この解決策は殺虫剤の散布だが、あまり使用したくない。一度にとどめている。

　犯人はテントウ虫ダマシだ。テントウ虫と似ているが斑点の数が違う。表面が艶々してない（写真）。ダマシと言う名も、いと憎しだ。

　気づいた時には数株が枯れた状態で、掘り起こしてみるとゴルフボール大で、もう肥大は止まっている。

　殺虫剤を一度散布するが少し薄めなので根絶できない。そこで

テントウ虫（左）とテントウ虫ダマシ

人の手だ。毎日せっせと退治する。妻の働きは見事だ。半月もするとジャガイモも生長するので被害は少なくなってくる。土寄せをして表面に芋が出ないようにする。陽に当ててはならないのだ。

ジャガイモの原産地は南米のアンデス地方であることはよく知られている。「インカのめざめ」という品種が種苗店に出てきた。やや小ぶりとのことだ。

我が家では加熱するとホクホクする男爵芋と甘みがあるキタアカリ芋を植えている。どちらも美味しいのでこだわりなく食べている。

ジャガイモの花

ジャガイモの弱点は腐敗臭がひどいことだ。半端ではない。梅雨明けの晴天続きに収穫する。三時間ほど陽に当て、さらに三、四日日陰で風に当てるが、それでも腐る。捨てて、風に当てるがまた腐る。何回も繰り返す。湿気がなくなる九月半ばまで格闘である。

腐敗臭で上をゆくのが玉ネギだ。匂いは隣近所まで漂う。だが、この二つは大事な保存食だ。

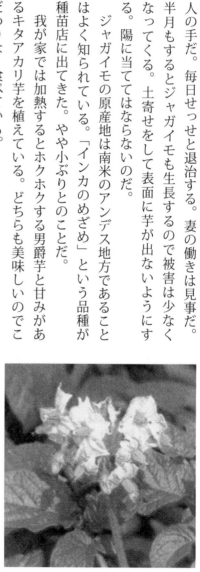

十五夜の主役の一つ―サトイモ―

山の芋に対して里で栽培するからサトイモ。なんとも軽い命名だがあのとろりとした甘さは独特だ。地味な表皮に包まれているので敬遠されがちだが栄養満点な野菜だ。

種芋に親芋が付き、子芋孫芋と付くことから子孫繁栄の象徴と言われている。種芋は自然消滅する。人間世界を表わしているようではないか。

花言葉はいくつかあるが「繁栄」、これでいい。明快だ。

里芋は子孫繁栄の象徴ぞ掘りて供えん十五夜の宵

豆名月今年は枝豆不作なり虫の音弱く間遠となりぬ

十五夜は芋名月、十三夜は栗名月、豆名月とも言う。日本人の繊細な季節感を反映しているではないか。十五夜の頃はまだ暑いが、十三夜になるとひんやりし、虫の音も間遠となる。

平安時代、宮中では月見の宴が催されたと聞く。

東南アジアが原産で、高温多湿を好むことから、真夏には藁を敷き乾燥を防ぐが肝要だ。藁が乾いたらたっぷり水を遣る。休耕の田圃で栽培している農家もあるほどだ。

サトイモは植え付けて一ヶ月以上経ってようやく芽を出す超スローな野菜だ。人間も同じだ。急ぐことはない。大きく成長して欲しいものだ。

今、熱望しているもの、それはサトイモとサツマイモの花を見ること。関東地方ではなかなか見られないとのことだ。だから我が畑で見たいのだ。

写真で見ると、里芋の花は水芭蕉に似ている。色はやや黄色で、炎のように細長い先の尖った円錐状をしている。三十㎝もある。マレー半島が原産地だけに猛暑の夏に咲いたとの報告もある。

親芋を植えると花が見られるとのこと。美味しいので食べてしまっていた。来年は五、六株を植えて、咲くのを待ちたいと思う。

サツマイモの花も貴重だ。熱帯・亜熱帯、日本では沖縄地方で見られるそうだ。短日植物なので気温が高く、日照時間が短くなると咲く、さらに干ばつ気味で降雨量が少ない年がいいそうで、こんな条件がそろう年はめったにないであろう。花はアサガオそっくりだという。

十五夜

妻はサツマイモの花を見たことがあるように話していた。半信半疑ながらうらやましく思っている。この二、三年のうちに観賞したいものだ。

小学校の教材―ヘチマの効用―

食べて良し食器洗いにヘチマ水緑のカーテン落花もまた佳し

ヘチマは優れ物だ。

まず食べて美味しい。沖縄地方では好まれる食材の一つだそうだ。味噌汁や漬け物、油炒めにするとよい。ただキュウリほどのシャキシャキ感がないのが残念だと言う。

次にヘチマは洗い物として重宝だ。一年中使っている。かつては輸出もしていたそうで、洗剤万能の世の中、もっと見直されていい台所用品だろう。

さらにヘチマ水として重宝している。地上から七十㎝ほどの茎を切り、切り口を瓶に入れて一昼夜おけば三百㏄は採れる。切り口から水が入らないように注意が肝要。エタノール、グリセリンなど加えれば一年中使用できる。美容の効果は人それぞれだろうが。

そして緑のカーテンだ。天狗が持つうちわのような大きさの葉は、ゴーヤーと比して効果抜群、縁側に入る陽差しを遮ってくれる。緑陰の読書、昼寝はたまらない。

もう一つ付け加えれば、花の鮮やかさと落花の風情だろう。真っ黄色の花は十㎝ほど、朝咲いて夕方前には次々と散る。地上に咲いているかのようだ。翌朝には半分ほどに縮んで二日後には消えてしまう。野菜の花はみんな自然に無くなる。不思議と言えば不思議だ。

ヘチマの利点は他にないかとアンテナを張っていたら、あった。朝日新聞、日曜版（令和四年八月二十八日）、「サザエさんをさがして」で、かつおが野球のバットに使っていたのだ。戦後の野球世代としてもヘチマをバットにしたことはなかったが、地方によっては活躍したのかもしれない。そのくらい身近な野菜だったのだろう。かつおの着眼よしだ。

ヘチマを教材として使う学校がもっと増えて欲しいと思う。キュウリ、ナス、サツマイモなどもいいが、観察のしがいがあるのはへちまだろう。

ヘチマのタワシ

畑の絶滅危惧種 ―キリギリス、イナゴ―

「おじいちゃんの好きなのはキリギリスだいね」、孫たちは言う。だいねは立派な上州弁だ。

少年の頃、キリギリス捕りに熱中した。夏の日盛り、自転車で出かける。あの強く、鋭い音色を聞くと足音を消して近づく。土手のカヤの先端にいる。両手で捕らえた瞬間、激痛が走る。手の平を噛まれたのだ。この痛みは経験した人にしかわからない。

イソップ物語の影響か、キリギリスのイメージはよくない。かつて、ある中学校の国語科の三人は「キリギリス部会」と揶揄《やゆ》された。こんな時はやんわりと応えたものだ。

「冬になって、キリギリスがアリさんを訪ねると、アリさんは過労で死んでいましたとさ」と。

キリギリスはわが畑の絶滅危惧種になってしまった。もう数年鳴き声を聞いていない。だが、夏の野原ではあのチョンギースという力強い鳴き声は健在であろう。

夏の野にキリギリス捕りしはいつの日ぞ
彼《か》の地へも一度われを立たせよ

キリギリス

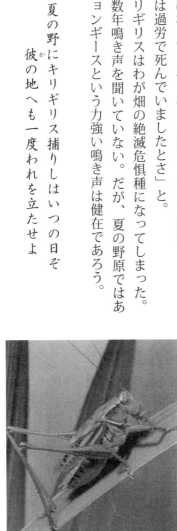

畑の百mほど先の田圃に民家が建ち、イナゴの姿を見かけなくなった。イナゴは害虫とのことだが、子どもの頃は捕ることに熱中した。捕らえた時のもぞもぞ感は今でも忘れない。

紙の袋に入れると、ピヨンピヨンと跳ねて乾いた音がする。これも忘れない。

煎って食べる、当時は貴重なタンパク源だったのだ。長野の蜂の子と同じだ。

キリギリスもイナゴも、わが菜園では見かけなくなったが、案外草原や河原で、水田地帯でたくましく生き抜いていることだろう。稲作の消毒は多くないと聞くから、大丈夫だと確信しているが。

稲刈り後の田んぼで遊ぶ子どもを見かけないのは寂しい。だが、これも時代の流れで感傷に浸る程のことでもないか。

イナゴ捕る紙の袋にピョンピョンと跳ねる音のす手にも伝わる

イナゴ

畑の生き物 ―カマキリ、セキレイなど―

菜園でよく見かけるのはカマキリだ。いつも同じ場所で見かけるから、行動範囲は広くないのだろうか。

工藤直子の詩を思い出す。

――おう　なつだぜ　おれはげんきだぜ　あまりちかよるな　おれの　こころもかまも……
――

中学一年生は、気分を出して朗読したものだ。

真夏の太陽の下でのカマキリよりも、初冬の色あせたそれに愛着を感じる。終日動かずにいる姿は孤高でさえある。お前、いま何を考えてる？　問いかけたくなってくる。言葉は無用と黙思することだろう。

大根、野沢菜の漬物作業が終わる頃には、その孤高の生を終える。彼らが肉食とは考えられない。動

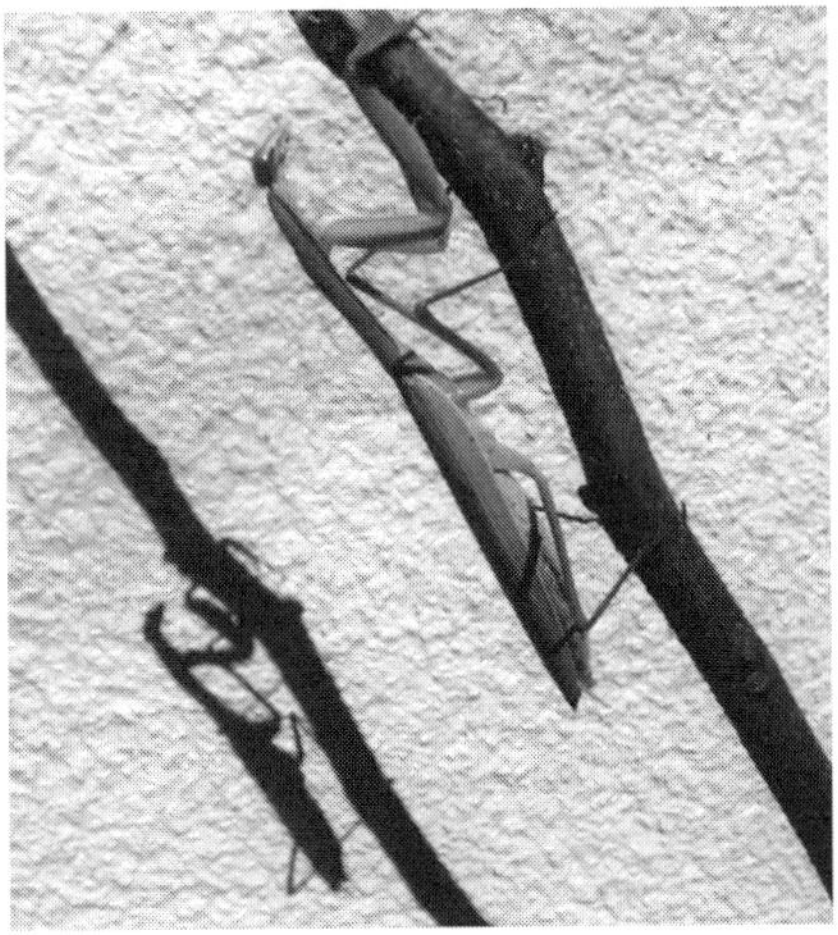

カマキリ

くもの、且つカマで挟《はさ》めるもの、蝶・セミ・コオロギ・イナゴ……ネズミや鳥まで食べるそうで、食事現場に出会ったことがないのを幸いとしたい。

色褪せしカマキリ一つ畑にいて老僧のごと終日動かず

オンブバッタ親子じゃないよ夫婦だよ仲睦まじく白菜を食む

白菜の側を歩くとバッタが飛び出る。転び出る感じだ。見ると背中に小さなバッタがいる。下のは大きく、上のそれは三分の二ほどしかない。いわゆる蚤の夫婦と古老が教えてくれた。今なら差別用語かもしれない。夫婦が一対でいる。仲睦まじいではないか。

野菜に付く虫は退治するのだが、オンブバッタは別格で鷹揚に構えている。白菜の生長は著しく、満腹になるまで食べても被害はないのだ。

――夕焼け小焼けの赤とんぼ　負われて見たのはいつの日か　十五で姐《ねえや》は嫁にゆき　お里のたよりも絶え果てた――

誰もが口ずさんだ歌、郷愁を誘う歌。かつて子守りとして、女中として雇われた子どもたちがいた。献身的に尽くした子は、その家の娘として嫁に出したという。我が家でもそういう子

（姐）がいたように思う。遠い記憶で定かではない。
九月、群れて飛んでいるのを見ることがある。その数知れず。支柱の先端に止まっているのも風情がある。トンボは害虫を捕食するので、殺傷を禁じている地方もあるそうだ。

草払い広くなりたる青空に赤トンボ飛ぶみんな西向いて

モンシロチョウあざなうごとく大空へキャベツ畑に置き土産して

蝶は遠慮もなく菜園にやって来る。キャベツの葉が好物だ。寒冷紗で覆うと、いつの間にか入りパタパタとしている。数日後にはアオムシがいる。厄介なやつだ。二匹がもつれるように飛ぶ姿は愛らしいのだが。

鳥類も畑にやって来る。市民権を得たのはセキレイで、耕運機の音を聞きつけて飛来する。危害を加えられないと確信しているのだ。ツツッと走る姿がいい。
雀は人に馴れない。それでいて人家の近くで生活している。雀なりの理由があるのだそうだ。清少納言の「枕

セキレイ

草子」にも登場する、馴染みの鳥だ。

毎朝デデッポーと啼くのは山鳩で、早く仕事をせよと催促されている感じだ。別名、キジバト。

いま姿を見たいのが雲雀だ。麦畑もなくなり、ピーチュルピーチュルと啼く朗らかな歌も聞かなくなってしまった。雲雀を追って青空を見ていると、必ずくしゃみが出たと、古老は目を細めて言う。みんな同じ経験をしているのだ。だが、今の若い人に話しても通じない。雲雀の巣となる麦踏みの光景もなくなった。

冬、寒施行《かんせぎょう》で餌場を独占するのがヒヨドリだ。雀など追いかけたりする。寒施行の餌は残飯、りんご、みかんなどだ。

春になり耕運機で土起こしをすると、カエルを掘り起こしてしまうことがある。冬眠中に邪魔され不機嫌顔だ。ほうけた顔をしている。

こんな時は、もう一度地中に戻すことにしている。啓蟄になったら出てこいと声をかけて。

旧友《とも》くれしもの　―朝鮮朝顔―

最後に庭の花、朝鮮朝顔を紹介しよう。旧知からいただいたもので、彼は野菜だけでなく、珍しい草花の知識も豊富だ。

冬越しをした種から芽が出、六、七月に草丈七十㎝ほどになる。ふくよかな純白のラッパのような形で、上を向いて咲き出す。直径十㎝はある大輪だ。一日で散ってしまうはかなさ。朝鮮とあるが、これは遠方からやって来たという意で、原産地は中東やインドだそうだ。
花言葉は、愛敬、変装、夢の中などで、なんだかミステリアス。この花は絶やしてはならない。

春耕の音聞きつけてやって来るセキレイの足ツツツッと走る

シュシュと洗われてゆく大根は
　瞬時に純白妻の手赤く

白菜は頭を藁《わら》でちょんと縛り
　みんな整列除夜の鐘待つ

白菜に野沢菜大根みな漬けて
　農具洗いて新年を待つ

我が友の贈りし朝鮮朝顔の
　花言葉も良し学園時代

朝鮮朝顔

蕎麦栽培の記 ―古老に学ぶ日々―

作物は足音聞いて育つとふ古老の言葉にきょうも畑《はた》行く

＊広辞苑……古老とは老人。としより。特に昔からの物事に通じている老人。また、老巧な人。老成の人。「土地の――に話をきく」。

デデッポーポーと啼く鳥の声で起床する今日為すことの農事は二つ

蕎麦蒔きは今年が最後か蕎麦刈りも二十年続けてわれは八十歳《はちじゅう》

わが家の蕎麦自給率は二〇〇%

我が国の蕎麦の自給率は二二%とのこと。

天ぷら蕎麦を食べながら主に問う。

「うちは国内産です」と応える。実は客もこの言葉を予想して聞いているのだ。蕎麦の輸入国は大半が中国。飛行機で運んでくるわけではないから、蕎麦の風味は損なわれてしまっているだろう。挽きたて・打ちたて・茹でたてなどと蕎麦通ぶっても、出発点から差がついているのだ。国内産と言われて納得、これでいい。

天ぷら蕎麦の具材の八十%は輸入に頼っている。発展途上国からも輸入しているのに驚く。

令和三年度、日本の食料自給は小麦、大豆が作付面積、反収ともに増加により、前年より一ポイント高い三八%になったという。

各国の食料自給率は、カナダは二三三%、オーストラリア一六九%、フランス一三一%、アメリカは一二一%、ドイツは八四%、イタリアは七〇%、先進国も食料生産に力を入れていることがわかる。

様々な原因が考えられるが、国民の一人ひとりが考える問題だろう。

高齢により蕎麦栽培は終了となって五年が経つが、我が家の自給率は二〇〇%を超えていた。

土起こしの大切さ

令和四年度に古老、ここではKさんと呼ぶが、蕎麦栽培の幾つかの過程を見学することが出来た。

まずは土起こしだ（次頁写真）。八月二十二日

蕎麦の花

（月）、あと一時間遅ければ作業は終了していた。僥倖であった。貴重な写真が撮れた。まだまだ現役だ。

Ｋさんが耕運機に乗って土起こしをしているではないか。古老は満で九一歳、最近は転ぶことを心配して農作業も控えているように聞いていたのだが。

昔取った杵柄、機械の操作は手慣れたもの。背中も伸びて、一直線に耕している。高齢なだけに、隣に住む息子さんは気を揉んでいるだろうな、と思いながらも写真を撮る。

少し話す。十年も前に地域の子どもたちに農業を体験させたことなど、懐かしく話す。穏やかな話しぶり、実直な人だ。

快晴の日が続いているので、明日にも種蒔きをしそうな雰囲気だ。

耕運機　土起こし

蕎麦蒔きの日は水汲みにも会うな！

蕎麦は水を嫌う。今は水汲みなどする人はいないが、伝承は残っている。それだけ蕎麦は貴重品だったのだろう。なにしろ救荒作物なのだ。

蕎麦は昼に蒔け、とも言う。また蕎麦は盆過ぎに蒔け、とも言う。蕎麦は短日性の作物なのだ。出芽してからの生長は目を見張るほどだ。

さて、翌日に少しの用を果たしてからKさんの畑に向かう。

うむ、もう終わっているぞ！　一反歩以上もある畑はきれいに整地され、種蒔きは終了しているではないか。畑にKさんの姿もない。

Kさん宅に行く。もう終わったよ、いい顔で言う。残念だが仕方がない。種蒔き機を見せてもらう。これは便利な道具だ。種蒔きと土かけと土押しを同時に行えるのだ。種の量は調整できる。これで小麦の種も蒔くことができる。この秘密兵器があることを忘れていた（写真）。手蒔きですると勘違い

種蒔き機

していたのだ。

かつて、子どもたちと蕎麦蒔きを体験したが、北毛の地に生まれたYさんは、子どもの頃に体験したことがあるのか誰よりも楽しそうに押していた。そんなYさんは今はもう居ない。

小生が種を蒔いていた時は、手蒔きだ。指先を微妙に動かし、種を蒔く。土をかける。土を押す。一往復半もして、ようやく一列が終了となる。徒労に近い作業であったが、やり甲斐はあった。

ヘビの横切らない程度に蒔け！

蕎麦は密に蒔いてはいけない。粗く蒔いてもいけない。ちょうどいい案配が、ヘビが通らない程度なのだそうだ。いま畑でヘビなど見かけない。かつてはいた。家族総出で小麦刈りをして、だんだんに小麦がなくなってくる。最後のひとかたまりの中にヘビがいたりして、ヒヤリとしたものだ。

蕎麦は風に弱い。風通しをよくするためにも、種は少しずつ離して蒔けということなのだ。

蕎麦蒔きに関する伝承が多いのは、その後の収穫にも関わることだからだろう。細心の注意で蒔け、とは先人の教えだ。これは野菜栽培にも言える。

土寄せは早めに！

Kさんの蕎麦、一週間ごとの生長の記録を写真に撮ろうと決めた。

蒔いて一週間後

蒔いて三週間後

あの堅い、種は靴底で踏んでも割れないが、蒔いて四日目にはもう芽を出す。驚異だ。一週間で四㎝は伸びているだろう（前頁写真）。

あの早緑の色がいい。初々しい色だ。真夏の暑さにも乾燥にも負けない。ぐんぐん伸びる。

この時期、菜園も元氣だ。毎日水を遣る。キュウリ、ナス、ピーマン、ミニトマト、ニガウリ……、カボチャは大きな黄色い花を咲かせている。

蒔いて三週間目、もう三十㎝以上に生長している（前頁写真）。翌週には花が咲き出すだろう。

この頃が土寄せの時期といえる。

小生は天鍬《てんが》を使って丁寧に蕎麦の根元に土を寄せていた。これにより蕎麦がすっくと立ち、風も通りやすくなる。なにより黒い土に覆われて、畑に生気が戻った感じいい。短時間、三日間ほどかけて行う。疲れるが、終了後の満足感がいい。


蕎麦は救荒作物！


古老たちは、蕎麦は救荒作物と言う。収穫量が少ない蕎麦が？　理由は教えてくれない。ある時はたと納得した。蕎麦への愛着が増した。蕎麦の花言葉は「あなたを救う」です。天候不順で稲や陸稲《おかぼ》が育たない時は盆の頃に廃棄、すぐに蕎麦を蒔く。蕎麦は痩せ地でも育ち、七十五日目には収穫できると言われているから、なんとか命を繋ぐことができるのだ。そして春蕎麦、秋蕎麦と年に二回も収穫できる。この説は正しいだろうと、ひとり満足したものだ。

子どもの頃、雑草さえ生えない石ころだらけの畑で蕎麦を栽培していたのを見たことがあった。丈は腰まで届かないほどだったが、こうして栽培された蕎麦が、その土地の味として珍重されてきたのだろうと、最近考えている。

かつて片品村にいた時、農家のおばあちゃんの打った蕎麦を食す機会があった。老女は計量カップや専用の蕎麦包丁など使わない。茹でるのに時計を見ない。ないないづくしで噛み応えのある蕎麦、これが美味い。

「蕎麦に、おばあちゃんの人生がある」。みんなで讃え、酒を酌み交わし、乾杯したものだった。昭和三十九年、いい想い出だ。教員になって二年目のことだ。片品村は山歩きに興味を持たせてくれた地であり、酒の飲み方を教えてくれた地でもある。

風の一吹き！

暑さにも、乾燥にも負けない蕎麦だが、唯一の弱点は風だ。生長が早いだけに茎が弱いのだろう。風の一吹きと農家は恐れる。一回で倒伏となる。

二百十日を過ぎて二百二十日の頃、台風や強風が襲ってくる。蕎麦は蒔いて三、四週間目で、大きなダメージを受ける。だが蕎麦は強い。伏してなお首だけ持ち上げ立ち上がろうとするのだが、収量はがた落ちだ。

だから、土寄せが必要なのだと古老は言う。蕎麦の根元に土を寄せることで、倒伏を幾分でも防げるのだと。古老の言葉に従わざるを得ない。人生の師なのだから。

蕎麦は風にこそ悩まされるが、手間いらずの作物だ。あとは、収穫の時を待てばいい。

最近は土寄せする人を見かけない。

蕎麦は七十五日で刈れる

Kさんの息子さん、娘さんが蕎麦を刈っている（写真）。十一月七日（月）だ。蒔いてから十一週、七十六日目だ。蕎麦は七十五日で刈れると言われているが、わずか一日違いとは、さすが古老だ。暦に従い、伝承に従い、天候に従っているではないか。

小生などは、まだ若いからと八十日を過ぎてから刈るを常にしていたのに。

蕎麦は早朝に刈れ！　の通り、お二人は歯の付いた鎌で黙々と刈っている。広い畑、腰を曲げての作業、ご苦労様と声を掛ける。

足首慢性痛では声を掛けることしかできない。

Kさんは家に居た。作業着に着替え、足拵《ごしら》えもしっかりして、出動態勢万全だ。息子さんから無理をするなと言われているのだろう、歯がゆさと

蕎麦刈り

共に任せたとの気持ちも伝わってきた。

蕎麦は七十五日の夕飯に間に合う、と言う。優良作物なのだ。

ここからは、十年ほど前に地区の子どもと大人が農業体験（蕎麦栽培など）をした記録を載せよう。

国の――**子ども達に伝統文化を伝えよう**――との呼びかけに応じたところ採用され、助成金が交付されることになった。

子どもたちとは小学生以下、大人は農業や野菜栽培に経験がある人が講師となり、名称は「吹屋原美土里の会」と名づけた。五年間で交付は打ち切られたが、その後三年ほど活動して解散となった。今でもこの活動を懐かしむ人がいる。

・米――田植え、稲刈り、餅つき。
・蕎麦―蕎麦蒔き、蕎麦刈り、脱穀、蕎麦打ち。
・野菜―ジャガイモ、さつまいもの収穫、など。

子どもたちも楽しんだが、大人たちが昔を懐かしんで作業をした姿が印象的であった。

田植えをすると、その夜から蛙の合唱だ。夜の明けるのを待ちかねて、年寄りたちは田圃へやって来る。水は、人の心を癒やしてくれるのだ、改めて知った。

刈った蕎麦はそっと置け！

古老たちは、子どもたちに、「刈った蕎麦はソッと地面に置け！」と言う。乱雑に扱うと実が落ちてしまうというのだ。米と比べて収穫量の少ない蕎麦だけに大切に扱えとの教えだ。だから、少し湿気のある朝が刈り時だと言う。ザクッと心地よい音がして刈れる。陽が高くなると根まで付いてきて、切り離すのに苦労することになる。

九十度に腰を曲げての蕎麦刈りは苦しい。まさに蟷螂《とうろう》の一歩一歩だ。倒伏した蕎麦には手こずる。だが、大勢での作業は楽しいものだ。近隣が助け合っての作業を経験した人なのだ。子どもの頃、稲刈り、蕎麦刈りをした経験があるのだ。地面を這うように雑草取りをしたのだ。休憩時のたわいない話を楽しんだものだ。

台風で倒れしままの蕎麦を刈る蟷螂のごと一歩一歩刈る

脱穀までに一週間干せ！

蕎麦は刈ってから一週間ほどは地面に横たえ天日に干す。実が熟成するし、乾燥により脱穀も楽に行えるからだ。

今は、米でもトラクターで刈り、そのまま家へ持ち帰る。だが、農家は自家用の米は天日干しだ。おいしい食べ方を知っているのだ。水田地帯ではハッテに干したりする。

蕎麦は、通常は地面に並べて干す。数日して天地返しをする。こうすると、乾燥が均一になると言うのだ。この一手間が大切なのだ。

古老たちは立てて干すのだ(写真)。陽も当たり、風も通るのだそうで、なるほど理にかなっている。素人が真似しても上手くできない。子どもたちにも教える。

古老たちの蕎麦は、少しの風では倒れない。素人が立てると、すぐに倒れてしまう。ここらが年季の差だ。

大豆や小豆も、このように立てていたのを思い出した。

脱穀は昼にせよ！

昼に行えば、乾燥しているので脱穀の能率が上がると言う。青いシートを敷いて行う。

現在は電動の脱穀機が使用されているが、その前は足踏みの脱穀機、さらにその前はくるり棒の時代

蕎麦、立てて干す

だった。

　足踏み式とくるり棒は、今では資料館にでも行かなければ見られないだろうが、農家の物置には無造作に置いてある。農家のそれは宝の山だ。

　美土里の会では両方を使用した。くるり棒は、二mほどの竹や木の先端に七十㎝ほどの平たい板を取り付け、くるりくるりと廻すことにより蕎麦の実を叩き落とすのだが、この操作が難しい。板全体が蕎麦に当たるように廻せないのだ。単純だが難しいものだ（写真）。くるり棒の極意！　少し腰を落とすことだと言う。

　足踏み脱穀機は、脚で車軸を回転させ、同時に脱穀をするのだが、難しい。どちらかが疎《おろそ》かになってしまうのだ。その度に老農の嘆きが聞こえる。

　小生は、手でしごいて脱穀したものだ。蕎麦は奈良時代から食べられていたそうで、そんな時代を想いながら一本一本脱穀する。気の長い作業だ。

　脱穀の最後は、篩《ふるい》の出番だ。粗い目の篩で大きい

くるり棒を使っての脱穀

藁やゴミを取り除く。黒光りした玄蕎麦（殻付きの蕎麦の実）が山となる。

唐箕は一定の早さで廻せ！

蕎麦精製の最後は唐箕《とうみ》の出番だ。今でも農家で使用している現役の農具だ（写真）。大きな歯車を廻すと、成熟した玄蕎麦は重いから、最初の出口から続々と出てくる。未熟の玄蕎麦は軽いから、次の出口から出てくる。この量が少ない年は、豊作だ。藁やゴミなどは軽いので一番遠い出口から放出される。三段階方式の道具だ。

唐箕が使えて一人前、と老農たちは言う。常に一定の早さで廻すのが難しいのだ。

道具は、必要から生まれる、と言われるが本当だ。簡単な農具も、長い年月を経て改良され、現在に至っていると考えれば、粗末に扱えない。

少人数での作業には、こんな古道具の使用も楽しいものだ。

唐箕を使っての仕上げ

唐箕にて蕎麦の選別行えば少量なれど黒く輝く

農家の物置には、麦踏みの道具もあったりする。直径三十㎝ほどの石の車で、持ち上げられないほどの重さだ。これを転がして麦を踏む。冬の霜で根が浮き上げらないよう押さえつけるのだ。麦は千切れたりしない。群馬は二毛作の地、空っ風の下での麦踏みが風物詩であったが、今はその姿は見られない。雲雀の鳴き声も聞かなくなった。

蕎麦干しに庭を貸すな！

唐箕で選別したら、玄蕎麦の天日干しだ。これで蕎麦栽培の一切は終了となる。まだ小春日和と呼んでもいい頃で、冬支度をしながらの作業だ。

Sさんは、我が家の近くに住んでいる。農業の指南役だ。蕎麦干しが始まると、いつも来て言う。同じ事を言う。

「蕎麦干しに庭を貸すな」、との伝承があると。

蕎麦は一日毎に乾燥する、ゴミやホコリも取り除くから、日に日に減量となる。近隣との無用なトラブルを避けるための生活の知恵なのだ。

有難く聞いておく。

蕎麦干しをすると、雀がやって来る。寒冷紗で覆うが、小さな穴が大きくなっている。新しく穴を開ける。雀も学習しているのだ。

古老たちは、地に落ちた蕎麦は拾わない。石が混ざり込むのを防ぐためだが、案外雀たちの餌とおおらかに考えているのかもしれない。

蕎麦粉に石が混入すると、もう食せない。ジャリジャリという音、砂を噛むとはこの事。一年の労苦が報いられないのは辛い。かつて一度あったが、この蕎麦粉は小鳥たちの寒施行の餌になってしまった。


鈴が鳴るようになったら終了！


十一月下旬は快晴続きだ。Kさんに、蕎麦干しの終了の目安、を尋ねる。

一握りの蕎麦をポロポロと落下させ、「鈴が鳴るように聞こえたら終了！」と言う。

毎日、玄蕎麦に触れていると肌触りが違ってくるのがわかる。だが、音までは気づかな

二八蕎麦

いでいた。この音は、蕎麦の喜びの声なのだ。
最後にいい言葉を教わった。
微妙な音色を聞き分けるのは至難の業だが、これを会得するまで蕎麦栽培を続けたいものだ、と真面目に考えた。

さあ、蕎麦打ちだ。蕎麦打ちはプロにも教わり、Kさんには数度にわたり教えていただいたが、所詮は自己流だ。二八蕎麦、子や孫たちも旨いと言う。

わが蕎麦は色黒くして田舎風師匠に似たり八十歳《はちじゅう》にして

【第三章】

終活の記

――きょうよりは旅の空――

四国遍路

—土佐の三日目と結願の日、お礼参り　番外霊場（抄）—

いつの日か同行二人旅の空
　写経一枚日々の行とす

今日よりは同行二人旅の空
　写経携え渋川駅発つ

祈る　祈る　祈る

今日よりは同行二人旅

四国遍路——弘法大師（空海）が修行された足跡をたどって、八十八ヶ所の霊場を巡拝することを言う。遍路道は長く厳しく、一周千四百㎞もあるという。

＊阿波（徳島）発心の道場　二十三寺　悟りを求め、仏道修行を行おうと決意すること。
＊土佐（高知）修行の道場　十六寺　どこまでも続く海岸線を歩く、ひたすら歩くこと。
＊伊予（愛媛）菩提の道場　二十六寺　仏の悟りを理解し、迷いから目覚めること。
＊讃岐（香川）涅槃《ねはん》の道場　二十三寺　執着や煩悩を消し、理想の境地にたどり着くこと。

二〇〇一年、定年退職した。これを機に四国遍路をしようと考えていたが、自治会の役が回ってきた。無下に断ることもできない。だが、図書館や図書室で資料をあさり、準備はしていた。アンテナを張り巡らしているとチャンスは必ずやって来るものだ。

二〇〇五年、『週刊　四国遍路の旅　八十八カ所』が出版され、翌年「四国八十八ヶ所　はじめてのお遍路』（ＮＨＫ出版）が出版された。この二冊を手掛かりにして、遍路実行を決意した。道案内は※『四国遍路ひとり歩き同行二人』と※真念《しんねん》の『四国遍路道指南』である。綿密な調査により記されたこの二冊は遍路必携と考えている。

＊『四国遍路ひとり歩き同行二人』は歩き遍路のための道案内で、地図も詳細に書かれている。
＊真念。江戸時代の高野聖。生涯に四国遍路を二十余回行い、案内の石柱を立てたり、土佐の市野瀬集落に遍路のために「真念庵」を建てたりする。著書に、『四国遍路道指南』『四国遍礼功徳記』がある。遍路中に読むと参考になる。共に、読み物としてもおもしろい。

春季単独自転車一国参り逆打ち番外霊場道草臆病遍路の誕生

①春季―春は日暮れも遅くなるし、気温も上昇してくる。三月は雨も少ない。好機だ。
②単独―十日から二週間にわたる遍路、まずは手始めに一人で実行してみよう。妻を誘うのは結果次第だ。単独で未知に挑戦、これぞ終活だ。
③自転車―遍路は徒歩の他にマイカー、巡拝バス、タクシー、レンタカー、オートバイ、自転車と移動手段は様々だ。徒歩で千四百㎞を歩きたいが、若い時からの不摂生で足首の慢性痛に悩む身としては乗り物が必要だ。だが、便利は最小限にしたい。自転車利用は少数派とのこと、これも修行だ。不自由は承知、不安はない。
④一国参り―八十八ヶ所のお寺を一度で巡る通し打ち、何回かに分けて巡る区切り打ち、各県を一度で巡る一国参りとある。四年をかけて結願したいものである。
⑤逆打ち―四国四県を時計回りに巡拝するのが順打ち。その反対が逆打ちとのこと。道しるべなどは順打ちの遍路用に設置されているので、逆は困難が伴うが、功徳は大きく、弘法大

師にもお会いできることもあるそうな。徳島―香川―愛媛―高知と巡る。但し、県内は気分次第で巡る。これを逆打ちと言えるだろうか。
⑥番外霊場―八十八ヶ所の霊場の他に数え切れないほどの番外霊場がある。自転車利用なので、数多くの霊場を巡りたい。真念庵、鯖大師、十夜ヶ橋……。こちらは参拝する人も少ないという。幾つ巡れるか楽しみだ。真念もこれを勧めている。
⑦道草―坂本龍馬、中岡慎太郎、正岡子規、山頭火など、道草はいっぱい食えそうだ。
⑧臆病―全く未知の地での行動、まして自転車利用である。自転車は細い溝にはまると転倒の危険がある。トンネル内で歩道がない、山道では押して歩くなど予測不能だが、山歩きと同様神経を張り巡らして行動しようと決め、実践した。

二〇〇七年から四年間、春に四国遍路をした。一年目は阿波（徳島）、続いて讃岐（香川）、伊予（愛媛）土佐（高知）である。香川は妻との二人旅。結願の翌年にはお礼参りとして和歌山と京都へ妻と行く。総日数は五十日ほど。歩き遍路でもこれより少ない日数で結願を迎えているだろう。これには次の二つの理由がある。

遍路中に弘法大師に関わりがある番外霊場に百二十ほど（実際は百五十ほどある）参拝している。番外霊場は参拝者も皆無で、それぞれに趣があり、気分を新しくできた。

さらに、遍路とは関わりがないが、行く先々で四国の偉人たちに出逢えた。武市半平太であり、ジョン万次郎であり、濱口雄幸、岩崎弥太郎らである。明日への力をもらった。

遍路を終えて思うのは、打ち終わると（札所を参拝すこと）、休む間もなく次の札所を目指す、御朱印を得るために巡っている、そんな遍路が多すぎるのではないかということだ。いわゆる遍路ボケで、日にちも曜日も関わりがなくなってしまう。多くは、一生に一度の遍路だろうから、好奇心のアンテナを張って過ごしたいものだ。特に一人遍路は。

　四国の山野に溶け込んで遊ぶ、地域民と言葉を交わす。そんな遍路があってもいいのではないか。

　遍路にあたって、一日一枚写経（般若心経）を課す。筆字の巧拙は問わない。忘我の境地にはなれないものと悟った。各年四十枚ほど持って、瀬戸内海を渡る。

　賽銭・線香・蝋燭・マッチは必携だ、他の遍路の蝋燭で線香をつけてはならない。その人の業を引き継ぐことになるからだ。これは守らねばならない。歯間ブラシと楊枝は、当方の必携だ。

　自転車は、出発地の自転車屋から借りる。徳島、香川は遍路終了後、一日かけて返しに行く。愛媛、高知は買い上げる。

遍路用具

第一番札所の霊山寺《りようざんじ》の売店で、白衣・菅笠・金剛杖を買い求めれば、にわか遍路の誕生だ。宿泊は、遍路宿・宿坊・民宿など、格安で泊めてもらえるが、ルールを守るのは当然だ。

ここでは、土佐（高知県）の三日目と最終日（結願の日）について記そう。

遍路三日目――山頭火を思う日（三月八日）――

中岡慎太郎の旧宅を訪れる

朝目が覚めると、すぐにテレビのスイッチを入れる。天気予報を見るためだ。きょうも強風注意報が出ていて、気分が萎《な》える。海岸線を走る土佐の遍路は風に悩まされている。

七時半、「室戸荘」を出発する。

真念はこのあたりで、こんな話を採集し、『功徳記』に載せている。

――土州室戸のあたりに、くはず芋といふ物あり。むかし大師乞玉ふに、まいらせざりし故、忽《たちまち》くはれざる物になれりといひ伝ふ――

この後に、石堂がおもしろい批評をしている。

――石堂がいはく。大師乞玉ふにまいらせざるにより、大師のわざにて芋くはれざる物となれりといふ。なんぞ大師のわざならんや。をよそ仏ぼざつハ慈悲を本とし、人をたすけんとて、世に出たまへバ、人に利あらん事なるに、芋のくはれざるやうになり、大師いぢわるき人にて、世をすくひ玉ふにあらずときこえ侍る。大師とミないふは遍礼人の事なり。遍礼人にやらざる、けんどんの自業にてくはれざる物になれるならし。遍礼人は崇敬し供養すべしとのいましめときこえたり――と。石堂の言葉の通りなのだろうか。読んだ人がそれぞれに判断すればいいのだ。

中岡慎太郎像――口をぐっと引き結び、左手に太刀を握り、小刀は腰に帯ぶ。太平洋を見つめている――を仰ぎ見てから自転車に乗る。風向きが一定せず、寒さも感じられる。要注意だ！

まず訪れるのは第二十五番札所の津照寺《しんしょうじ》である。

山門から本堂に至る急な石段を上ると、途中にお伽話の龍宮城にたとえられる朱塗りの鐘楼門が建っている(写真)。本堂にたどり着くと、太平洋と室津港、室戸の町が見下ろせる。絶景だ。

『土佐日記』を著した紀貫之[注1]は、土佐守の任果て船で帰京するが、この室津の港で悪天候のため停泊を余儀なくされている。

一月十六日、風波やまねば、なほ同じ所に泊まれり。

十八日、なほ同じ所にあり。海荒ければ、船出ださず。

二十日、船出ださず。みな人々憂え嘆く。

室戸岬を回る船旅は危険極まりなかったのであろう。早く都の土を踏みたい心情が記されている。彼はこの時、もう還暦を過ぎていたのだ。

この寺は海上安全、交通安全にご利益があるそうで、一説によれば、慶長年間、山内一豊[注2]が航海中暴風雨で遭難の危機にあった時、一人の僧が現われ巧みに楫《かじ》を取り無事に着岸させたという。この僧は津照寺へ入り、見ると本尊の地蔵菩薩がずぶ濡れであったことから、航海の安全と豊漁を願う漁民の信仰が篤くなったといわれている。

いい気分で、番外霊場の四十寺《しじゅうじ》をめざす。

室戸市役所、ビジネスホテル、病院、小学校などが立ち並ぶ市の中心部に迷い込む。標高三〇〇mほどの四十寺山頂にある四十寺など誰も知らない。

ようやくに登山口近くの室戸市消防署にたどり着く。室戸高校の

津照寺（平成22年3月8日）

わきを通り過ぎると、案内の標識がある。

　自転車は置いて、歩く。緩やかな傾斜の道を四十分ほど、最御埼寺《ほつみさきじ》の奥ノ院である四十寺にたどり着く（写真）。ちょっと寂《さび》れた感じだが、これはこれでいい。

　第二十四番札所の最御埼寺は最初この地に創健されたそうだが、いまはそれをうかがう何物もない。地元の人たちだけの信仰の対象なのであろうか。

　しばらく休んで気分爽快となる。まだ若芽も見られない山道を下る。途中、耕運機で掘り起こしたような場所に出る。野菜でも栽培できそうだ。イノシシのしわざである。強力な鼻で石なども移動させてしまい、地中のミミズなどを食べるのだ。低山の山道ではよく見られる光景である。

　ここは一本道。イノシシに遭遇しないか周囲を見渡すが、明るい疎林はそんな気配はない。

四十寺（平成22年3月8日）

犬の鳴き声がする。山道を来る人が解き放していたらと緊張する。四国遍路の体験記を読むと、野犬を見たの、野犬に吼えられたのと、結構犬に関する記述は多い。白い犬が遍路道を先導するように歩いてくれたとの記述もある。

四年間に五十日ほど遍路したが、犬に遭遇し、吼えかけられたことはない。天佑というべきだろう。かの山頭火は、『四国遍路日記』[注3]のなかで、「昨日は犬に噛みつかれて考えさせられ、今日は犬になつかれて困った。どちらも似たような茶色の子犬だったが」と記している。山頭火の時代は犬の放し飼いなど普通のことだっただろうが、とにかく犬は敬遠したい一つだ。

犬にも出合わず、無事に下山する。山歩きができて、気分がいい。

ちっちゃな女人堂を訪れる

第二十六札所金剛頂寺《こんごうちょうじ》に向かう。津照寺まで引き返し、国道55号を進み元橋のバス停を右折すればもう近い。最後の一㎞ほどは自転車を捨て、山道を歩く。予期せぬ急坂に金剛杖を地面に打ちつけるようにして進む。鈴が大きく揺れ、悲鳴のような音をたてる。

本堂前で先達に引率された遍路たちが読経している。年寄りの、特に女性遍路は上下共に白衣姿で意気込みが感じられる。どこに行っても女性は元気だ。読経にも張りがある。

おばあちゃん遍路の間を縫うようにして写経を納め、線香を立てる。般若心経はいつもより大きな声で唱える。周囲を意識している間は本物ではないなと、すこし心が痛む。

団体客は去り、境内はひっそりする。広い境内がより広く感じる。

金剛頂寺は、東寺《ひがしでら》と称される最御埼寺と向かい合っており、通称西寺《にしでら》というそうだ。北方数㎞の所に奥ノ院があったそうだが、参道は崩壊し参拝者も絶えてしまったそうだ。いま隆盛な四国の霊場のなかにも廃《すた》れてゆくものがあるのだと、また心が痛む。

大師堂の脇に、一粒万倍の釜と呼ばれている大釜が据えられている。大師が三合三勺の米を炊いたところ万倍に増えたのだそうで、四国の各霊場には諸々《もろもろ》の大師伝説が残っていておもしろい。奇蹟をおこす弘法大師だから、さもありなんとうなずいてしまうのだが。

山頭火が犬に噛まれたことは前述したが、犬と遭遇した翌日、彼はこのあたりを遍路している。その一節を記してみよう。

——早起、津寺拝登、行乞《ぎようこつ》三時間、十時ごろからそろそろ西へ歩く。（銭十六銭米八合）。途中、西寺遥拝（すみません）、不動岩の裏で、太平洋を眺めながら、すこし早いが、お弁当を食べる——

津照寺を津寺、金剛頂寺を西寺と通称で記していて興味深い。

山頭火の言う番外霊場の不動岩は金剛頂寺を下り、二㎞ほど国道を進んだ左にある。気づかないで通り過ぎてしまいそうなくらい小さいなお堂が建っている。

金剛頂寺は明治初年まで女人禁制であったために、このお堂は女人堂としてにぎわったそうだが、それにしても小さい。どんな思いで女性たちはこのお堂にこもり、なにを願ったのだろうか。腰を下ろして、しばらく休む。

海への道を回りこむ。はるか下方に海が見える。手すりの付いた石段が続き、岩屋にちっちゃな祠が安置され、真新しい布が下がっている。ここでも線香を立て、般若心経を唱える。山頭火はお弁当を食べたが、当方は飴を口に入れる。

山頭火の目線で太平洋を眺められてよかった。

すぐ先にある道の駅キラメッセ室戸へ昼食のために立ち寄る。鯨料理が目玉だそうだが、平日の十一時ではまだ閑散としている。昼食も取らずに退出する。

番外霊場の弘法大師霊跡へ向かう。海岸沿いの国道を十一㎞ほど先だ。ずっと海が見えている。四国を遍路してみて、長い海岸線を見られるのは土佐だけだ。讃岐の海は規模が小さいし、阿波と伊予は山国の感が強い。遍路道がそうなっているからだろうが、四県それぞれに趣があっていい。四国四県は海と色眼鏡《めがね》で見てはいけない。昼食はスーパーで弁当を買い、堤防に座って食べる。風も弱まり、暖かさも感じられる。地元の人も通らない昼下がり、寝転んで空を見る。淡い青の空、濃い青の海、この青の対比がいい。

女性遍路が通る。五分ほどして男性遍路が通る。土佐の遍路を始めて三日目、歩き遍路六人と出会った。いずれも単独だ。宿舎では情報交換をするものの、日中は自分と対話しながら進む。これが本来の遍路の姿なのだろう。群れない、これは日常生活にも言えることだ。

単調だが見飽きない海岸沿いを走る。八㎞ほど先に番外霊場の弘法大師霊跡がある。ここ室戸市の面積はとにかく大きい。きのうの九時過ぎに訪れた仏海庵から室戸岬、さらにこれから訪れる霊跡の手前まで、ずっと室戸市なのだ。海岸線の総延長はどれほどになるのだろうか。

奈半利町《なはりちょう》に入ってすぐの海岸沿いに、弘法大師霊跡と記した大きな石碑が立っている。かたわらには大師堂があり、石仏が祀られている。ここは大師が修行された地とされ、いまも地元民の信仰が篤いそうだ。前方の海で大師は法衣を洗い清めたそうで、四国ではどこへ行っても弘法大師に縁がある。

中岡慎太郎記念館の女性の親切

さて、きょうの遍路はここまでだ。四十寺を探して道草を食ったが、二つの札所、四つの番外霊場を無事に打つことができた。

まだ二時前、これからがきょうの核心といえる。

奈半利といえば中岡慎太郎だ。ここから十三kmほど走って、彼の生誕の地にある旧宅と記念館を訪れるのだ。小生にとっては幕末の土佐の歴史を知る重要な一つといえる。

五kmほど海岸線を走ると奈半利町の中心地。役場を通り、ごめん・なはり線の奈半利駅を過ぎるとすぐに奈半利川。右折して北川郷柏木へ向かう。平坦な国道を奈半利川に沿って道草を食いながら鼻歌で走る。

三時半には生誕の地に到着する。おばあちゃんが声をかけてくる。

「関東の群馬からです」。いつものように応じる。

「ほ〜っ」、大仰な身振りに、当方がびっくりする。いい表情だ。

中岡慎太郎生誕地と記した幟旗が立っている（写真）。舗装された道を下る。庄屋であった家屋は五つの部屋と台所からなっている。当時の見取り図を基に昭和四十年代に復元されたのだ。樹木に囲まれている。

武[注4]市半平太の立ち上げた土佐勤皇党に入党し脱藩、長州藩で高杉晋作に出会う。禁門の変で負傷。二十四歳からのこの四年間をみても、後の三年間の波乱の人生が暗示されているようだ。腰を下ろして、家と対面してみる。

四時になった。記念館へ行くために坂を上る。「四時半を少し回ってもいいですよ」受け付けの女性は笑みを浮かべながら言う。

四時半閉館で、入場は四時までだったのだ。遍路姿を哀れんだか、特別ですよ、と付け加える。「中岡慎太郎館《やかた》」が正式名なのだ。入館して、確かにこれは館だと納得する。二階建てもさることながら、資料が充実している。武士よりも武士ら

中岡慎太郎生誕地（平成 22 年 3 月 8 日）

しかったという慎太郎の面目躍如の坐像。幼少時代から年代ごとに史実に基づいて紹介する手法。スクリーンにも彼の活躍が映される。確かに三十分では全部を観ることはできない。二十分も超過、女性は笑顔で送り出してくれる。

二十八歳になった慎太郎は、坂本龍馬とともに薩長和解に奔走、大政奉還を主張し、陸援隊を組織する。幕末を駆け抜けた彼は京都河原町の近江屋で坂本龍馬とともに襲撃され、二日後に絶命する。まだ三十歳、当時ならばもう壮年だろうが、それにしても若すぎる。

奈半利へ戻り、国道55号を高知方面へ走る。十一㎞ほど走り、おばあちゃんに迎えられて、民宿「浜吉屋」に入る。夕食にビール一本。『道指南』を読む。

あすは勾配四五度という「まっ縦」を歩いて、第二十七番札所神峰寺《こうのみねじ》を打つ予定だ。

注1　平安時代前期の歌人、学者。漢詩に替わり和歌が注目をあびる時代を代表する歌詠み。土佐の国司。勅撰和歌集『古今集』の撰者のひとり。

注2　安土・桃山時代の武将。関ヶ原の戦いでは東軍について戦功をあげ、土佐国の大名となる。

注3　昭和十四年十一月一日から二ヶ月ほどの遍路日記。当時の遍路や巡礼、宿の様子も知ることができる。

注4　幕末の尊攘派志士。藩政を主導していた吉田東洋を暗殺、藩を尊攘派に導くが、後弾圧され、切腹。

結願の日―女性遍路のいたわりを受ける（三月十八日）―

月山神社で霊気を感じる

結願の日だ。ひんやりとした大気は気持ちが引き締まる。

民宿「叶埼」の主がコーヒーを入れてくれる。ありがたくいただき出発となる。玄関先で見送ってくれた主は、月山神社を経て延光寺への道を丁寧に教えてくれる。

民宿の名の通り、家も玄関も遍路用に改修されたものだ。定員は十名に満たないだろう。奥さんが入院中でも、宿だけは提供してくれる。このような遍路宿が歩き遍路たちを支えてくれているのだ。善意だけでは毎日続けられるものではない。遍路は特別な存在ではない。四国に溶け込んでこそ遍路といえる。主は灯台へ行くよう勧める。きのう訪れたとも言えず、素直にうなずく。納札を差し出し、自転車に乗る。

まず長い坂、きのう下った道を今度は押し上げる。左はきのう行った灯台への小道。結願は目前、急いては事を仕損じるとばかりに、もう一度途中まで行ってみる。でっかい太平洋とちっちゃな灯台、沖には黒潮、ここは四国でも屈指の展望の場所だろう。自然百%がいい。

山歩きを趣味としている人が自分だけの名山を持つように、遍路の終盤にきて自分だけの海岸美を見つけだせてよかった。日に何人の人がここを訪れるのだろうか。四国遍路の番外霊場のように、みんなはここの魅力に気がつかないでいるのだろう。

自転車に乗りだしてすぐに、叶崎黒潮展望台の標識を見る。数歩上れば、その名の通りの展望。ぐんと下に海、沖を流れる黒潮、大展望に大満足する。

多くの行楽客や遍路は、ここから眺めて満足し次へ行くのだろうが、ちょっと待てよ、灯台への小道を少し下れば、また違った趣に出会えるのにと考える。展望台は八十八ヶ所の札所、灯台は番外霊場に相当するのだろう。「道草を食え！」。大声で叫んだら晴れ晴れしてきた。

海沿いの道を走る。小才角《こさいつの》を過ぎ、次いで、その名もゆかしい月灘《つきなだ》を通る。遍路地図を開いて見る。この辺りの遍路道に四つ、五つと「へんろ石」の標石が記されている。こんなにまとまって記されている所はない。[注1]第一番札所霊山寺から直線距離で最も遠いのがここである。人家も途絶えたこの道を遍路はどんな思いで歩いたのであろうか、と思いやると切なくなってくる。行き倒れて、金剛杖を墓標代わりにした人もいたであろう。

月山神社『霊場記』

真念は足摺岬の金剛福寺を打ち終えた遍路に二つの道を紹介している。一つは真念庵まで戻って延光寺を打ち、篠山詣でをする。他の一つは月山神社詣でをしてから延光寺を打つ、である。多くの遍路は打ち戻ったようだが、やむにやまれず歩き続ける遍路はより困難を求めてこの道を通ったことだろう。なんだか滅入った気分になってきた。まもなく月山神社だろう。

海の近くなのに、深山にでも入ったようだ。

古書にも、――御月山ハ、樹木生茂リタル深谷……――『遍路日記』とある。大きくぐるっと回り込むと月山神社の案内板が立っている。辺りに人家はなく、樹木に囲まれて陽はささず、湿っぽい大気に包まれている。背筋がぞくっとしてくる。霊気を感じるとはこういうことなのだろうか。こんな体験は初めてである。

そういえば、月山神社には霊石（月光石）が祀られているとのことだ。

――此月石むかし媛の井といふ所にありしを、一化人ありて、此所に移し置けるに、次第に大くなりてさまざま霊瑞あるにより、人みな祈求せる事あれば、応ぜずといふ事なし。媛の井の所の人は精進せざれども参詣す。余所の人はかたく精進せざればかならずあししといふ――『霊場記』

神社の裏にある月山の山頂に霊石があり、次第に大きくなっていったとはおもしろい。長さ一・五ｍ、幅は〇・六ｍほどの三日月形の白石であるという（挿絵）。謎めいた話だが、不可思議な話は遍路道あちこちにあり、信じる信じないは各人に任すしかない。

神殿内を覗いてみるが、判然としない。宮司の飼う犬がしきりに鳴きだしたのも怖さを誘う。長居は禁物、ペダルに力を込めて遠ざかる。霊気（？）を感じられたことでよしとしよう。

さて、結願の寺である延光寺まで三十三㎞ほど、正午前には着くだろう。

ここは大月町、月山から取ったのだろうか。まだ朝食前だが、十㎞ほど先に道の駅「大月」があるので、そこで取ろう。結願目前、空腹感はない。

結願の寺延光寺にて

内陸部に入って、県道と思われる急な、また緩やかな坂を走っていく。まもなく国道３２１号と合流、さらに五㎞ほど走れば道の駅。だがお目当てのものがないので通過だ。急にお腹に力が入らなくなる。腹が減ると気力もなくなるようだ。山歩きのしゃりバテ状態である。すぐ先の大月町の市街地までがやけに長く感じられる。

スーパーでカツ丼弁当が目に留まる。広い駐車場の片隅で、遅い朝食を取る。まだ十時、急ぐこともあるまいと、遍路中には珍しい休息もとる。

最後の一走《ひと》りである。延光寺のある宿毛《すくも》市に入った。左手に海を見て走る。結願目前、つとめてゆっくりと走る。松田川に架かる松田川大橋、新宿毛大橋を渡る。民宿「ひょうたん」を過ぎれば待望の第三十九番札所延光寺である。仁王門で一礼。あ〜、着いたな、これが感想。

延光寺は行基が開基し、弘法大師が再興したといわれているが、『名所図絵』には、――此寺大師御建立なり。薬師如来を作り安ず――とあるから、弘法大師が創健したとも考えられる。

本堂と大師堂、型通りに、だが丁寧に参詣する。般若心経もゆったりと唱えることができた。

「この延光寺さんが、結願の寺です」。納経所で毛筆を持つ男性に声を掛ける。一瞬後、「それはよかったですね。おめでとうございます」と、後ろから声がする。びっくりする。四十歳ほどの女性がほほ笑んでいる。

ベンチでひと休みだ。納経帳の朱印をじっくりと眺める。

女性が近づいてくる。かなりの早足である。「結願を迎えられた人に、ね」。口調は静かだが、納経所の対応に憤慨している。

「札所はどこも同じですよ」

「ほんと、そう思う」

己の至らなさを指摘された時のように、恐縮している。聞けば、交通機関使用の週末遍路とのことで、努めて明るく振る舞っているようで

延光寺（平成22年3月18日）

もある。

　正午のサイレンが鳴り響いてくる。野良時計[注2]と仏坂峠でも聞いたと話すと、野良時計を見なかったことを残念がり、しきりに聞いてくる。

「写真をお撮りしましょうか」

「えっ、あ、お願いします」

　行楽地や山頂などでは気楽に写真を撮り合うが、遍路が遍路を撮ることはまれである。みんな、立ち入らない一線と心得ているのかもしれない。

　うまく撮れたか心配です、と言いながらカメラを返してくる。

　で、これがその一枚（前頁写真）。

　今晩は宿毛に泊まって、あす帰るという。

　延光寺といえば、梵鐘を背負った赤亀が有名である。一説では、境内の池にいた赤亀が竜宮城から持ち返ったとのこと、山号の赤亀山《しゃっきざん》はこの由来によるものだ。

　赤亀の頭を撫でて、仁王門に向かう。

　おっと、忘れていた。目洗い井戸に詣でねばならない。御詠歌に「諸病悉除《しつじょ》」とあるように、特に眼病に霊験あらたかな清水《せいすい》の井戸があるのだ。

　緑内障で通院する身としては、是非参ろうと決めていたのだ。小さな地蔵の足元から清水が流れている。何回も何回も目を洗う。なんだかすっきりしたように感じられる。これからの加護も願って、賽銭を投じ、般若心経を唱える。

三年前、最初に打ったのが番外霊場の「種蒔き大師」と呼ばれている東林寺、最後に打ったのが「諸病悉除」の延光寺。なにやら因縁を感じる。野菜を栽培しながら健康に過ごせれば、それで十分だ。とはいえ、憂き世は腹の立つことばかりである。

仁王門で合掌一礼、四国遍路は終了となる。あすはお礼参りで二寺へ詣でる。

これから列車で香川県の善通寺町へ行き、泊まる。


結願と言うに僧侶は不愛想女性遍路のお接待を受く

注1　第一番札所霊山寺から直線距離で最も遠く離れている札所は、第四十番観自在寺（愛媛県）。裏関所と呼ばれている。
注2　岩崎弥太郎（P141）の安芸市にある。瓦屋根と白壁の家々の間に建つ。市のシンボル。
※　四国遍路はどの寺から打ち始めてもよい。八十八番目の寺が結願寺となる。

二寺へ結願報告―善通寺・霊山寺―

結願の翌早朝、弘法大師生誕の地善通寺町の第七十五番札所の善通寺に詣でる。昨日までは緊張感、今日は開放感である。結願とはこんなにも気分を軽くするものなのだろうか。お礼参りだ。午前七時、誰もいない。山門、本堂、太子堂へ結願の報告をし、心を込めて般若心経を唱える。

弘法大師。幼名を真魚《まお》、秀才の誉れ高く、我が身の価値を問い崖から飛び降りたが天女に救われたとか修行中明星が口に飛び込んだとかエピソードは絶えない。

唐へ渡り、密教の伝授を受ける。高野山に大伽藍を建立、日本で最初の庶民の学校綜芸種智院を開いたことは説明を要しない。スーパーヒーローなのだ。

妻との遍路の折、子安観音が祀られている観音院（番外霊場）へ詣で、孫たちの健やかな成長を祈念したのを思い出し、お礼参りを行おうとするが、広い境内でなかなか見つからず焦る。

もうバス遍路が賑やかにやって来た。

善通寺八時四十分発の列車で徳島へ向かう。徳島県の第一番札所霊山寺へのお礼参りだ。

四国遍路第一番札所霊山寺の最寄り駅板東に着く、十一時十五分だ。歩いてすぐ車に拾われる。夫が定年退職した夫婦で、初遍路の心細さで声を掛けたと言う。

結願と聞いて、いろいろと訪ねてくる。遍路の先輩としてうかつには応えられない。まして、

善通寺（平成 22 年 3 月 19 日）

第一番札所　霊山寺（平成 22 年 3 月 19 日）

自慢話などしてはならない。

遍路用品の購入に付き合うことになる。遍路の初日、ここで白衣・金剛杖・菅笠を購入したのだ。三点を薦める。質問に、自戒を込めて言う。

「心を込めてお参りすれば、作法は二の次だと思いますよ」。夫婦と少し離れた場所で般若心経を唱える。

自転車遍路とはいえ、金剛杖に頼っての四国一周であった。八十八ヶ所の札所、その二倍を超える番外霊場、金剛杖の先端はささくれ立っている。衆生に感謝。


来春、高野山の金剛峯寺、京都の東寺へ、妻とお礼参りに行くことにしようと車中で決める。埼玉県の本庄を過ぎると、上州の山々が見えてくる。啄木のように襟を正して帰るとしよう。

結願報告 ―金剛峯寺・東寺―

東日本大震災が勃発した。福島から渋川の近くに避難した人たちに蕎麦の炊き出しを行った。六月十五、十六日、妻と奈良に遊ぶ。修学旅行気分の二日間。

十七日高野山の金剛峯寺へ出かける。高野山は山岳宗教都市である。人口四千人。うち僧侶はおよそ千人、寺院は百二十ほど、五十二が現在も宿坊を営んでいるという。

金堂の若い僧侶にお礼参りと言うと、彼は応える。

「金堂、金剛峯寺、奥之院に参るのがいいでしょう」。

昼食は精進料理、妻も食欲旺盛。

いよいよ奥之院へ向かう。苔むした山道を歩く。次々に現われる歴史上の人物の供養塔に驚く。広告塔ではないか。織田信長供養塔の近くに豊臣家墓所、明智光秀の供養塔の近くに石田三成のそれ、上杉謙信霊屋の近くに武田信玄の供養塔がある。敵も味方もない。死ねばみな仏か。

途中に汗かき地蔵が建っている。人々の罪業を一身に背負って汗をかくというお地蔵さん、合掌する。隣に姿見の井戸がある。井戸に影が映らなかったら三年以内に死ぬとのことで、こわごわ覗き、無事に映って命は保証されたが、なんだか軽い感じで、遍路の必死さが感じられないのはどうしたことか。

ＮＨＫ大河ドラマ「江」の墓所は徳川秀忠夫人と記され、霊場内でも一番大きい五輪塔が建っているが、石段は

真言密教の聖地　高野山奥之院
（平成23年6月17日）

崩れ権勢の面影もない。

遍路の余韻に浸る間もなく、御廟橋に至る（前頁写真）。

ここからは「脱帽、撮影禁止」と大書されている。

御廟に詣でる。四国遍路の結願を報告、衆生の安穏を願って般若心経を唱える。写経を十枚ほど納める。

この数分間だけ太陽の光を見る。妻と、不思議なことだと語り合う。

宿舎は、国宝の多宝塔を擁する「金剛三昧院」だ。北条政子が夫頼朝の菩提寺として建立した寺院という。

若き僧侶の作法に則ったもてなしに緊張して食事する。もちろん精進料理だ。般若湯をいただき、目が覚めたらもう朝だ。

朝、勤行《ごんぎょう》をする。本尊の愛染明王に礼拝する。

帰路はバスの始発地まで新しくできた山道を歩く。こちらは現代企業の供養塔がいっぱい。こんなんでいいんかい、つい問い返してしまう。

【閑話休題】比叡山延暦寺の想い出

一喝！　雷が落ちたかと思った。

瞬間、控えの間にいた我が校の生徒は緊張した。先に法話を聞きに入った学校はいかにも荒れた感じで、若き僧侶の癇に障ったのかもしれない。

襖が揺れた、と後刻ある教員が話していた。

さて、我が校の番がきた。入室する生徒に、「しっかり聞いて、反応しろよ」、声を掛ける。

みんな正座、背筋を伸ばしている、特に髪型に問題がある彼の背中は固まっているのがわかる。

「不滅の法灯」、なる話を聞く。段取り三分と話す古老の言葉にも通じるなと思う。

比叡山延暦寺を修学旅行に組み込んだ時の思い出だが、後日、見学お礼の手紙などいただいたりして。――真面目な生徒たち――の一文あり。

本気で怒る、を学んだし、奈良・京都の寺の法話も本気さの有無なんだろうなと考えている。

高野山の金剛峯寺に遍路結願の報告をした翌

東寺（平成 23 年 6 月 18 日）

日、京都の東寺へ詣でる。これで四国遍路の完結である。広大な境内、大師堂を探して歩く。

東寺、修学旅行の引率で何度も来たことがある。三十三間堂と共に時間調整の場所であったが、真言密教の道場として詣でるのは初めてである。

七九六年、国によって創建された東寺は、嵯峨天皇より空海に託され、密教の聖地となる。

東寺のシンボルは日本一の高さの五重塔と広い境内だろう。骨董市に出逢ったりしたこともある。

金堂、大師堂と般若心経を唱え、写経を納める。

終わったな、成就感よりも安堵感に浸る。

京都駅までの十分ほどを長く感じる。妻はすたすた歩く。弘法大師の二巡目のお呼びはないなと実感する。京都駅でニシン蕎麦を食べて、群馬へ向かう。

明日からは葉物野菜の種蒔きを次々と行うことになる。妻は雑草《くさ》取りに追われる日々となるだろう。

番外霊場抄

この道も遍路道なり旅の空
　小さなお堂に花を供えむ

鎌大師 ―茶菓をいただく―

ご高齢の尼僧はお元気だろうか。

伊予の遍路を完了して数日後、葉書をいただく。

――弘法大師さまが四国巡錫中、流行病で泣くわらべを哀れみ、ご祈祷され流行病を封じた――との説明をいただく。茶菓をいただいたことを思い出した。もう一度訪れたい寺院の一つだ。

道路から五、六段上れば、もう境内。庶民の寺なのだ。こんなお寺がいい。来る者は拒まずの心が感じられる。

鎌大師

番外霊場 ―遍路は自転車に乗って―

遍路中の自転車、出発地の自転車屋と連絡を取り手に入れた。阿波と讃岐は貸し自転車、一日千円と五百円。

遍路後、一日を使って出発地まで返しに行った。

伊予と土佐は返しに行くのに二日、三日とかかかるので購入することにした。二万円ほど。最終日に現地の自転車さんに引き取ってもらった。もちろん無料だ。

自由にどこにも行ける。坂道は歩くのよりも自転車を押して歩く方が楽だ。パンクしたことは一度もない。

こうして百ほどの番外霊場を巡った。小さな山門、小さなお堂に訪れる人はなく、地域の人が花を手向ける霊場は、庶民をひれ伏させる大きな山門、お堂の八十八の札所とは違った安らぎがあった。静寂があった。

また、幕末、明治に活躍した先人に逢えたのも、四国の山野に出合えたのも、自転車のおかげだ。

心の柔軟さで行き先を決める。そんな旅があっていい。

三段変速ママチャリ荷物カゴ付きの自転車に感謝！

童学寺
―弘法大師が学問をされた寺―

四国遍路の数ある写真の中で気に入っている一枚である。

記憶の鮮明さが際立っているからだろうか。

竜宮城(?)を想わせる山門がかわいい。童学寺《どうがくじ》の名にぴったりである。門から本堂までのほどよい距離がいい。参拝者を圧倒するようなたたずまいでないのがいい。住職が境内で雑草《くさ》取りをしているのもいい。こんなすばらしい学問寺で居眠りをしてしまった。失礼！

第十三番札所大日寺から六㎞ほどの所にあるこの寺は、弘法大師が十六歳の時に逗留し学問に励まれた由来から童学寺となっ

山門がかわいらしい童学寺

たそうだ。十六歳で童とはちょっと奇異だが、まあいいとしよう。

大師はこの寺で「いろは歌」を創作したといわれているが、学問的にみて、これは誤りらしい。

いろはにほへとちりぬるを　色は匂へど散りぬるを
わかよたれそつねならむ　わが世誰ぞ常ならむ
うゐのおくやまけふこえて　有為の奥山境越えて
あさきゆめみしゑひもせず　浅き夢見し酔ひもせず

いろはにほへと
ちりぬるをわか
よたれそつねな
らむうゐのおく
やまけふこえて
あさきゆめみし
ゑひもせす

上段は子どもが習ういろは歌、中段は無常観を歌った大人の歌である。さて、下段は暗号説という。――咎《とが》（罪）無くて死す――何事も調べてみると、おもしろい。

岩崎弥太郎 ―龍馬とは違った魅力―

安芸城の近くに岩崎弥太郎の生家がある。

龍馬に憧れ、龍馬を憎み、龍馬を愛した男、それが岩崎弥太郎だ。龍馬や中岡慎太郎と同時代に生き、彼らとは生き方を違えたが、魅力的な大物だ。

生け垣に囲まれたこぎれいな家屋だ。朝の雨で前庭には水たまりがある。かたわらには「岩崎弥太郎生誕の地」と彫られた大き過ぎる碑が建っている。

彼は後藤象二郎に登用され、土佐藩の商社「土佐商会」に勤め、上士にまで昇格したことはよく知られているところだが、武士にまであった厳しい身分制度に対する反発心が彼を前進させたのであろう。

庭の端で商う人が教えてくれる。「あの大きな蔵は彼が財をなしてから建て、あのスリーダイアは土佐藩主山内家と岩崎家の家紋を組み合わせたのだ」と。

初めて知った。見学者が次々とやって来て、次々と去る。満ち足りた気分で自転車に乗る。ゆっくり走る。

岩崎弥太郎生誕の地

濱口雄幸記念館―マムシに注意―

第三十一番札所竹林寺の急坂を一気に下る。

ここ？　濱口雄幸《はまぐちおさち》の記念館だ。「ライオン宰相」の言葉を思い出す。なんでも見てやろうの精神で、細道をたどる。看板と奥に生家が見える。

うっ、と立ち止まる。看板の下に「まむしに注意」、絵まである。血の気が引いてゆくのがわかる。周囲を見回す。今は啓蟄が過ぎて一週間、居るはずはないが、足音を消していく。

生家は母屋と蔵、勉強部屋からなり大きな屋敷だが、ほどよく調和している。窓もない穴蔵のような部屋で、彼は家蔵の書物を読み、寡黙な少年であったという。

濱口雄幸生家記念館

内閣総理大臣であった彼は、昭和五年凶弾に倒れ、翌年死す。「男子の本懐」の語は当時の流行語になったという。

彼の顔はいかつく、ある宴会中、雷に驚いた女性が雄幸に抱きついたという。雷が去って、彼の顔を見た件《くだん》の女性は卒倒したそうだ。英雄にふさわしいエピソードではないか。へびなんぞにおびえている当方などが近寄れないほどの大人《たいじん》なのだ。

真念庵 ――『四国遍路道指南』の著者――

ようやくやって来たな。石段の上に真念庵があるのだ。遍路を志してより、真念の名はいつも身近に感じていた。彼の建てた遍路宿との対面だ。

椿の散った二十段ほどの石段を、椿を踏ま

椿と石段、真念庵への道

ぬように上る。心急ぐが、ことさらゆっくりと進む。石段は傾斜が緩やか、落花の風情がいい。ほどよい大きさの庵、部屋に上がる。前庭を眺める。石仏が並んでいる。真念を慕う人たちが刻んだのだ。

真念がここに庵を建てたのには理由がある。第三十七番を打った後、ここに荷物を置いて三十八番を打ち戻り、三十九番へと向かえるように、札所間の中間に造ったのだ。遍路すること二十余度の彼だからこそ成せた技なのであろう。また彼は、遍路道標を二百ヶ所も建立している。彼の著書を手にすることを薦めたい。

自転車を置かせてもらった農家の人には般若心経と納め札だ。唱えることが恥ずかしくなってきた。

宿泊は大岐の浜近くの民宿「いさりび」、名前で選ぶ。

ジョン万次郎 ―旺盛な好奇心に乾杯！―

足摺ユースホテルを午前七時半に出発、きょうも風が強い。体感温度は零度以下だろう。宿から五百mほど打ち戻ると、ジョン万次郎の像。口をグッと結んで太平洋の彼方を見つめている。この像の頃は中浜と名乗っていたようだから、中浜万次郎でもいいのかななどと考えながら進む。風が強い。

土佐湾はすでに過ぎた。足摺岬から七㎞ほど走ると大浜、すぐに中浜。ジョン万次郎の生誕の地だ。波静かな海、小さな漁船が数隻もやっている。ここで生まれたか。

かたわらに、「ジョン万次郎記念碑」が建っている。上半分は万次郎の胸像、下には帆船が刻まれている。説明文も適切だ。

ジョン万次郎像

彼が遭難したのは十四歳、好奇心と柔軟性が彼を大成させたのだろう。遍路宿で乾杯しよう。芋を洗って食べる猿の集団で、最初に洗ったのは若い猿だという。若さこそ進歩の源なのだ。野菜売りの自動車がやって来た。おばあちゃんが買っている。みかんを一つ、お接待を受ける。

（弘法大師）お杖《つえ》の水　―若いお巡りさんが案内―

この番外霊場は小松島署のすぐ近くにある。天下の警察署、みんな知っている。迷うことなく到着。

よし、警察署で尋ねよう。きょうは日曜日、署内は閑散としており、若いお巡りさんが案内してくれるという。国道を渡った所に、お目当ての霊場がある。

大師がこの地を通過する際、水を飲むと塩辛かったので、杖で真水の水源を探し当てたというのだ。

地元の人は、この場所を「接待場」、この水を「お杖の水」として、大事に守ったとのことだ。ちっちゃな、質素な霊場だが、生花も供えられ、清掃もよくゆき届いて、感心する。こんな霊場がいいな。

参拝後、警察署前を通ったら、若いお巡りさんが品よく頭を下げてくれる。こちらも一礼。

第十八番札所恩山寺《おんざんじ》は十二㎞ほど先だが、すぐ近くの小松島港で大小の船をながめて時を過ごす。気分一新、恩山寺へ向かう。

弘法大師　お杖の水　左はレンタサイクル

山頭火の碑 ―しぐれてぬれて―

第二十三番札所から十五㎞ほど走ると牟岐《むぎ》町に入る。春の陽にのんびり走っていたら、山頭火の文字が目に留まる。山頭火ならば停まらざるをえない。

――しぐれてぬれてまっかな柿もろた――

途中、少し行乞《ぎょうこつ》、いそいだけれど牟岐へ辿り着いたのは夕方だった。よい宿が見つかってうれしかった、おぢいさんは好好爺《こうこうや》、おばあさんはしんせつで、夜具も賄《まかない》もよかった――。三日ぶりに風呂に入れたと続く。

『山頭火日記』(昭和十四年十一月三日)。泊まった宿は長尾屋。人をもてなすならこうありたいものである。酒好きの山頭火は次にこう記している。

山頭火の碑

――御飯前、一杯ひっかけずにはいられないので、数町も遠い酒屋まで出かけた、酒好き酒飲みの心理は酒好き酒飲みでないと、とうてい解るまい――。山頭火の面目躍如である。

※明治節のこの日も、山頭火は行乞遍路していたのだ。※一九四八年「文化の日」となる

金刀比羅宮《ことひらぐう》　――遍路はみんな詣でるという――

――金毘羅は順礼の数にあらずといへども、当州の壮観名望の霊区ならば、遍礼の人当山に往詣せずといふ事なし――　『霊場記』

というわけで、金刀比羅宮を目指して七百八十五段の長い石段を、息を整えながら上り

金刀比羅宮

だす。参道には土産物屋や食べ物屋が軒を連ねている。「こんぴらうどん」屋もある。

――山を象頭山と号す。遠望の山のすがた、象頭のごとくなるの故に名とすとなり。寺を松尾寺金光院といふ――『霊場記』

なんだかわからない。金刀比羅宮から一㎞ほど先に松尾寺がある。そうなのだ。従来、松尾寺の住職が金刀比羅宮の別当を務めていたが、明治の神仏分離令で一方は寺院に、一方は神社に別れたのだ。

石段を下る。妻はスタスタ、当方はヨロヨロ。妻に勝てるのは自転車乗りだけになってしまった。

食わずの梨――源平争乱の屋島への上り道

源平争乱の舞台であった屋島、ここには第八十四番札所屋島寺がある。琴電屋島駅からバスに乗る。すぐ到着。

屋島からの眺望を楽しんだ後、食わずの梨まで山道を下る（次頁写真）。言い伝えがある。

弘法大師が屋島寺へ向かう途中、のどの渇きに梨を求めたところ、農夫がこの梨は食べられないと断ってしまう。以後この梨の木の実は食べられなくなったという。食わず芋、食わず貝、食わず桃など、似た話は四国のそこここにある。

施《ほどこ》せば福来り、断れば災いあり、民衆に善を勧める高野聖の姿が浮んでくる。『道指南』を著した真念も高野聖の一人であった。彼らは四国人の心の形成に大きな役割を果したしたといえる。即ち、施しの心だ。

ここからさらに下れば、屋島の御加持水があるが、引き返してバスで下山、屋島の民宿に泊まる。

日本一低い山！――公認申請中――

讃岐遍路の最終日、東かがわ市にあるという御《み》山《やま》に登る。

白鳥神社の裏手にあり、神主が熱っぽく語る。「台風で辺り一面水浸しになった時、ある部分がひょっこり見えていた。そこを山頂と定め、国土地理院に申請中なんです」。標高は三・六mとのこ

食わずの梨

と。

平成十七年八月には、盛大に開山式を行ったという。

この遊び心を貴く思う。

歩いていたら山頂に達した、そんな感じの山である。

国土地理院公認の一番低い山は、自然の山では弁天山で標高六・一m。この山は阿波にあり、前年登頂を果たす。登頂証明書第０５６５０号。一分足らずで山頂に達する。

御山の公認達成を願うが、阿波の住民の落胆ぶりを思うと、門外漢には軽率に結論は出せない。

因みに、秋田県大潟富士は標高零m、低山日本一に申請中とか。いま低山争いから目が離せないのだ。妻は、こんなことには興味を示さない。〝遊び心〟を持ち合わせてないからだ。

御山登山記念No.三七二五。

御山（平成20年3月）

馬目木大師《まめきだいし》

――おばちゃんに気配りを教わる――

第四十一番札所龍光寺の手前十二㎞ほどに馬目木大師がある。この霊場がきょうの打ち止めの夕方、道に迷ってなかなか着かない。自転車を止めた拍子に転び、指を擦りむいてしまった。血がにじんでくる。

玄関から出てきたおばちゃんに道を問う。一瞬後、

「ちょっと待ってね」

家に入って二分ほどして出てきて、自転車に乗る。

「案内しますよ。反対方向に来てしまったようね」

五分ほどして馬目木大師に着く。民家の隣のお堂だ。ちっちゃいが、なかなか趣がある(写真)。

馬目木大師

「持ち合わせていましたから、これどうぞ」

ばんそうこうをくださる。そうか、家に入ったのはこれを取りにいったのだ。参拝が済むまで居てくれる。

南無大師遍照金剛を三唱して別れる。

馬目木大師の由来、変遷はなかなかに興味があるが、大師はここでおばちゃんのような気配りをみせている。

歯長《はなが》地蔵―遍路の墓に詣でる―

第四十二番札所仏木寺《ぶつもくじ》から歯長峠へ、自転車を押して歩く。今度は下り、ブレーキをかけるとキーキーと鳴りだす。下りきったところで、歯長地蔵の小さなお堂、隣にもっとちっちゃな遍路の墓が目につく（写真）。

石仏、石碑が納められ、清水《せいすい》が供えられている。線香を立て、般若心経を唱える。冥福を祈る。

歯長地蔵・遍路の墓（右）

ここには塵一つ落ちていない。かつての遍路は死を覚悟して歩いたと聞く。行き倒れても本望であっただろうが、地域の人たちにとっては迷惑でしかない。そんな遍路の死後までも面倒をみているお四国の人たちに頭が下がる。だが、ここは単なる仏跡でしかない。

ここは歯長橋手前の見晴らしのよい場所、ベンチが置かれている。道行く遍路に、死者となった遍路と対話してほしい、そんな地元民の願いが込められている場所とみえた。次は野宿公認のバラ大師だ。

十夜ケ橋《とよがはし》（永徳寺）

―四国霊場一の野宿修行の地―

大洲市に十夜ケ橋がある。弘法大師が野宿をされた場所であり、野宿公認の地である。

弘法大師がこの橋の下で野宿をされた時、あま

野宿公認の千夜ケ橋

りの寒さに一夜が十夜にもまさる思いであったことから、十夜ケ橋と名づけられたのだそうだ。橋の下には横たわる大師の像が安置されている（写真）。

きょうは三月十二日。生涯初の野宿体験をしてみる。昼のうちは前の小川の鯉を眺めたり、飛んでくる鳩に慰められたりしたが、夜は真っ暗闇。すべてを身にまとい、足をザックに入れ、野犬がやって来ないことを願って横になる。寒さは予定していたが、橋の上は国道56号線、その上を松山自動車道が走っているのだから、寒さと騒音の二重苦に寝返りの連続、一夜が千夜にも思われる。

とんだ千夜一夜物語であった。

隣の永徳寺からゴザを借りておけばと後悔するが、後の祭りであった。

終わりに ―衆生に感謝―

最後に二、三記して終わりとしよう。

遍路中は、遍路宿、民宿、宿坊、公共の宿、ビジネスホテルなどにお世話になった。どこもみんな質素ながら、おもてなしの心に満ちていた。野宿も体験した。ユースホステルにも泊まった。

四国はどこへ行っても海鮮料理が売り物で、高知の皿鉢《さわち》料理はその代表だろうが、遍路中は目についた地元の食堂で事足りる。阿波ではたらいうどん、讃岐の手打ちうどん、伊予のじゃこ天など、庶民の食べ物を口にした。

唯一の贅沢は、高知で食べたカツオのたたきか。大きな鮮魚店が天井にとどくほど藁を燃やしている。居合わせた数人と目配せ、口にした。

最後にお接待について。自分に代わってお四国を巡ってくれる遍路への感謝としての気持ち、地元民が特に歩き遍路へ行う施しの気遣い。何回も、何回もお世話になった。


声かけて追いかけて来し老夫婦にお接待を受くれんげ咲く道

御蔵堂　空と海が一体となっている御蔵洞（土佐）
以後、空海と名のる

みちのくの三人

―賢治、啄木、光太郎―

宮澤賢治

――どっどどどどうどどどうどどどう
　青いくるみも吹きとばせ
　すっぱいくっりんもふきとばせ
どっどどどどうどどどうどどどう
谷川の岸に小さな小学校があった。
さわやかな九月一日の朝、登校してきた子供たちは、おかしな赤毛の子が教室にいるのに気づく――『風の又三郎』

彼は作品に擬音語を巧みに使った。自身の造語も駆使している。擬音語・擬態語に出逢うと、ゆっくりと正確に読むようにしている。二度、三度と口に出して読むことがある。これは楽しい。

宮沢賢治は、岩手県花巻町（現花巻市）に生まれた。父が質屋、古着商を営んでおり、周囲の人たちに比べて生活の苦労はなかった。だが、彼は店番を嫌ったという。小学校の頃より鉱物採集を好み、家人に「石コ賢さ」と呼ばれていたそうだ。岩手山にも鉱物採集を兼ねながら何度も登ったとのことだ。

その岩手山に登ったことがある。登山口に「熊出没注意！」の立て看板あり、周囲を見渡したが快適な一日を過ごすことができた。もう晩秋のことで登山者に数組出会っただけであった。地元の人ではない証拠に大きなザックを担いでいた。

山中でシラネアオイに出逢った。五合目あたりのことで、尾瀬では遠くから眺めたことはあったが、こんなに近くで見たのは初めてであったので、熊のことは忘れて見入ったものだった。快晴の日であった。

妻とみちのくの三人を訪ねる旅に出たのは平成二十七年のまだ梅雨入り前の六月の上旬であった。初日はレンタカーを利用して、花巻の賢治と光太郎を訪ねた。

みちのくの賢治啄木光太郎これも終活心して巡る

宮沢賢治は日清戦争の翌年に生まれ、この年は三陸大津波が発生し、三十七年の生涯を閉じた昭和八年にも三陸地方大津波が襲っている。日露戦争、満州事変、南京事件と後の歴史に残る事件もあった。東北でも岩手県は凶作に度々遇い、農村は疲弊し、農民は困窮した。身売りを斡旋する文章を記した写真も残っている。

宮沢賢治はこんな世情不安な時代に生きたが、父の家業で父母弟妹との生活は満ち足りたものであっただろう。だが、農民の生活を見てか家業の質屋を継ぐことを強く嫌ったという。

父は長男の賢治に家業を継がせたかったが、上級学校を望み、盛岡中学校（現盛岡高等学校）、盛岡高等農林学校（現岩手大学農学部）と学び、鉱物採集をし、時に岩手山に登り、舎監排斥運動により退寮させられたりと、多感な青春時代を過ごしたが、鬱屈したものを抱え込んでいただろうことは、彼の写真で見て取れる。

宮沢賢治の写真はたくさん遺されているが、笑顔のそれは見たことがない。

彼の写真としては成人してからのものがよく知られている。短髪で、椅子に座り固く両手を組み、視線はやや下に向けられている。モノの本質を見極

宮沢賢治
1924年（大正13年）1月12日　28歳

めようとしている顔だ（前頁写真）。もう一枚は足下を見つめ農地を歩く写真である。農民に肥料の説明でもしているのか、――サムサノナツハオロオロアルキ――とも取れるものだ。

家族は仏教への帰依篤く、彼も熱心な信者であったが、後には父に改宗を迫っている。それでいて生活面は親がかり。最愛の妹トシの死、周囲の貧しさ、――世界全体が幸福にならないうちは個人の幸福はあり得ない――との思想、心も体も休まる日々はなかったであろう。

レンタカーは賢治の「羅須《らす》地人協会」を目指す。二枚橋のバス停を右折、はるか先に花巻農林高校の体育館の屋根が光って見える。バス利用の時はここで降りてからの歩きが楽しい。周囲は開けた農場、カラスが遊んだりしている。だんだんと目的地に近づく。また来たよと声をかけたくなる。

賢治の旧居（羅須地人協会）

花巻農業高校の校門の手前に、賢治が「羅須地人協会」と名付けた旧居がある（写真）。二階建ての瀟洒とも思える建物。賢治が教員を退職後に自炊生活をし、農耕生活を始めた家で、賢治の死後、ここに移築復元されたものだ。羅須地人協会と記された門柱を入ると、賢治のあの立像が目に入る。きれいな芝生に立つ姿からは悲壮感は感じられない。

前にも経験したが、下校時の高校生が声をかけて通り過ぎてゆくことだ。三十ｍほどは距離があるだろう。大きな声を出すことにためらいがないのに感心する。

感心したといえば、かつて高校生が部活動で鹿《しし》踊りをしていたのに遭遇したことだ。女子を交えた七、八人が小鼓をお腹に抱え、足を大きくふんばり、腰をグッと落として、野太い声を出す。顧問の話、また始める。十ｍほど離れて見学する。勇壮だが静かな光景。

岩手の鹿（獅子）踊りは全国的に知られた民族芸能だが、こうして伝統は引き継がれてゆくのだろう。

さて、本日のクライマックス。立像から時計の針の反対巡りに半周したところ。玄関の黒板に書かれた文字、――下ノ畑ニ居リマス　賢治（次頁写真）――。

これを見るために何回も訪れたのだ。農民が相談に来た時のために所在を明らかにした文字に見入る。真似して、玄関に貼り紙をしたこともあった。

亡くなる前日にも、訪ねてきた農民の相談に応じた賢治の面目躍如がここに集約されているようだ。

室内は一階が十畳と八畳、オルガンが置かれ、大きな丸火鉢に椅子が数脚、マントがあったように覚えている。部屋を飾るものはない。二階は八畳とのことだ。妻は一つ一つを熱心に丁寧に見入っている。

玄関からさらに半周して立像に至る。敷地の一角にかつては小さな売店があり女性が居たが、いつ撤去したのか。『雨ニモマケズ』の色紙を買ったのだ。

賢治書く「下ノ畑ニ居リマス」と
真似してみたり玄関に置く

宮澤賢治の作品の一部を記そう。

――その年は、お日さまが春から変に白くて、いつもなら雪がとけるとまもなく、まっしろな花をつけるこぶしの樹もまるで咲かず、五月になってもたびたび霙《みぞれ》がぐしゃぐしゃ降り、七月の末になってもいっこうに暑さが来ないために去年播いた麦も粒の入らない白い穂しかできず、たいてい

賢治が所在を記した言葉

の果物も、花が咲いただけで落ちてしまったのです――『グスコーブドリの伝記』

賢治の食事といえば、粗末なものであった、

――一日ニ玄米四合ト味噌ト少シノ野菜ヲ食ベ――では、体が持たない。

――東ニ病気ノコドモアレバ……西ニツカレタ母アレバ……南ニ死ニサウナ人アレバ……北ニケンクワヤソショウアレバ……――『雨ニモマケズ』

花巻の地を訪れることはもうないだろう。

石川啄木

石を持て追われるごとく故郷を出たのは、彼の二十二歳の五月。父は住職罷免の処分を受け、自身も日本一と自負していた代用教員を免職される。一家離散。

亡くなるまでの数年間、父母、妻子、時には妹と、一家扶養の責任が双肩にかかる。家族の、自身の病気。

函館、札幌、小樽、釧路を転々とし、狂おしいまでの望郷の念を持ちながら果たせず、東京にて二十七歳で死す。三月に母を失い、四月には自身の死、一年後には妻も死す。よく知られた短

い一生である。

石川啄木は、日々の生活苦を歌いながらも未来へ希望を託す。常に前を向き借金でさえ堂々と申し込む。


みちのくの啄木想い植え付ける馬鈴薯の花咲くは六月

三月下旬、馬鈴薯を植え付ける。春休みで孫が手伝いに来る。等間隔に置き、ふっくらと土を掛ける。

六月、薄紫の花が咲く（写真）。中央の黄色が鮮やか。

啄木の『馬鈴薯の薄紫の花に降る／雨を思へり／都の雨に』を想い出す。

中学校の教科書にも採られている。一読すると、馬鈴薯に降る雨を見て歌っているようだが、これは都（東京）の雨を見ているのだとわかる。生徒にとってはなかなかに斬新な歌だ。

ところで、啄木の短歌に出会ったのはい

馬鈴薯の花

つだっただろうかと考えることがある。小学生の時に、『東海の小島の磯の白砂に……』を読んだように記憶している。確証はないし、身びいきから読んだような錯覚に陥っているのかもしれない。

石川啄木といえば渋民だ。盛岡、函館と旧跡はたくさんある。小樽にもある。

妻と宮澤賢治の花巻を訪れた翌日に渋民駅に降り立った。まだ体も動いたのでレンタサイクルを利用しての啄木詣である。二十五分ほどのんびりと気持ちよく走る。少年時代の宝徳寺、彼が学び後に代用教員として勤めた渋民尋常小学校、一時一家で住んだ斎藤家など。前に訪れたことのある懐かしの家々に着くはずであった。

おかしい、ここ?、広い敷地に確かに

啄木記念館「啄木と教え子の像」

記念館がある。小学校もあり、斎藤家もある。だが違う！　目指したのはここではない。もっと当時の生活臭があったはずだ。陰影があったはずだ。

浦島太郎の心境とはこのことか。妻は明るい光景に満足気味だ。

記念館の人に尋ね納得した。小学校は昭和四十二年（一九六八年）に現在地に移し、復元したとのこと。斎藤家もその数年後に移築復元していたのだ。納得したが賛成したわけではない。

まず、啄木と子どもの像に寄る（前頁写真）。啄木は腰掛け、二人の子どもは何事かを訴えているように感じられる。啄木は子どもの手を握り、子どもの目線と同じ高さで聞いているようだ。白日の下の像はなんとも実感がない。型どおり記念館、旧渋民小学校、斎藤家と巡る。感興がわかない。想いは半世紀も前に飛んでいた。

昭和三十九年、教員になってまだ二年目、夏休みを利用して啄木を訪ねる旅に出た。

まずは好摩駅だ。啄木の時代まだ渋民駅はなく、隣の好摩駅まで徒歩五㎞以上、彼はいつも歩いている。

――霧ふかき好摩の原の／停車場の／朝の虫こそすずろなりけれ――

この碑はホームで見たが、今は駅頭にあるという。

渋民駅まで引き返して、常光寺へ向かう。啄木の父が住職をしていた寺で、啄木はここで生ま

間借りの農家（斉藤家）

間借りの二階（六畳間）

れた。巨木があった記憶がある。啄木は一年ほど住んで、宝徳寺へ移る。宝徳寺、啄木が十歳まで過ごした寺だ。

――ふるさとの寺の畔の／ひばの木の／いただきに来て啼きし閑古鳥！――

そして、渋民小学校と斎藤家へ行く。ぜひ見学したかった場所だ。学齢前の六歳で入学、四年間学び神童と讃えられた小学校時代。後、日本一の代用教員を目指して一年ほど勤めた小学校。小さな机と椅子、当時　間借りの農家（斎藤家）の様子が在り在りと目に浮かんでくる。

――その昔／小学校の柾屋根に我が投げし鞠／いかにかなりけむ――

――時として／あらん限りの声を出し／唱歌をうたふ子をほめてみる――

隣の斎藤家、教員時代に母妻と三人で住み、そして、一家離散、故郷を捨てたのもこの家だ。斎藤家のすぐ近く、北上川を渡る橋の手前に、――やはらかに柳あをめる／北上の岸辺目に見ゆ／泣けとごとくに――の碑がある。数多くある歌碑の最初に建立されたとのこと。碑には無名青年ノ徒建之とある。ここは鶴塚と呼ばれ、眼下に北上川、目を上げれば岩手山が望まれる。啄木探訪のクライマックスがここだ（写真）。碑が営利のためでなく、無名の青年と称する人たちの尽力で成ったのが泣かせる。

鶴飼橋を渡って渋民駅に戻る。もう夕方、駅は閑散としている。駅を出て、駅へ帰るまで全て徒歩、早暁から夕方まで尾瀬を歩いたのに比べれば楽なものだ。

今夜は盛岡に泊り、明日は盛岡市内の啄木を訪ねる。

半世紀も前の、なんと甘美な青春時代の想い出であることか。夏休みの成果を生徒たちに語ったものだ。

だが、この啄木観を覆す書物に出会ったのは、同じ年の秋に読んだ『啄木人生日記』であった。

啄木が盛岡中学校を中退して上京する十七歳から二十七歳で亡くなるまでのほぼ十年間が記されている。

啄木研究は多くの人が為し、著作も続々と発表されていたのだ。彼の報われぬ日々を読んで日が過ぎた。

『啄木日記』の原本を読んで衝撃を受けた。ある年の日記はローマ字書きである。性に関する記述も露骨である。妻に

やはらかにの歌碑　渋民・北上河畔の鶴塚の歌
左は岩手山

読まれたくなかったからだとか、いろいろ取り沙汰されているが、真相はわからない。

啄木は晩年、急速に社会主義へと傾倒してゆく。幸徳秋水が獄中から弁護団に送った陳述書を借用書写したりして、弾圧に対しての非難を舌鋒鋭く記している。これほど鋭く記すとはと驚かされる。

膨大な日記は読むのは苦痛でもあった。だが、読み通した。

翌年の夏、再度啄木を訪ねる。『啄木人生日記』を携えての旅であったが、北上河畔の――やはらかに柳あをめる……――の碑だけは、一年前と同様に夏の陽に輝いていた。


石川啄木の日記から、幾つかを記そう。

＊斎藤家を借り、代用教員として移り住む日記。

――父は野辺地が浜にあり。妹をば通っている学校の女教師の家に下宿さす事にして盛岡に残した。母とせつ子と三人、午前七時四十分盛岡発下り列車に投じて、好摩駅に下車。凍てついて横辷りする雪路を一里、街の東側の、南端から十軒目、斎藤方の表座敷が乃ち此の我が一家当分の住居なので。……この一室は、我が書斎で、又三人の寝室、食堂、応接間、すべてを兼ねるのである――（明治三十九年三月四日）
――十三日に村役場へ出頭。・十一日附の「渋民尋常高等小学校尋常科教員に命ず。但し月給八円支給」といふ辞令を受け、翌十四日（土）から尋常科第二学年の教壇に立つことに成った。（四月十一日―十六日）

――ただ一つ心配は、自分は果たして予定の如く一年位でこの教壇を捨て去る事が出来るであらうか、といふ事である。（明治三十九年四月二十四日―二十八日）

＊一家離散の日記。

――予立たば、母は武道の米田氏方に一室を借りて移るべく、妻子は盛岡に行くべし。父は野辺地にあり。小妹は予と共に北海に入り、小樽の姉が許に身を寄せむとす。

一家離散とはこれなるべし――（明治四十年五月四日）

＊啄木日記の最後。

――さうしてる間にも金はドンドンなくなった。母の薬代や私の薬代が一日約四十銭弱の割合でかかった。質屋から出して仕立直さした袷と下着とは、たった一晩家においただけでまた質屋へやられた。その金も盡きて妻の帯も同じ運命に逢った。醫者は薬価の月末払を承諾してくれなかった。

母の容態は昨今少し可いやうに見える。然し食慾は減じた――。（明治四十五年二月二十日）

その半月ほどに母死去。四月十三日啄木死去。一年ほど後に妻節子死去する。

宮澤賢治・高村光太郎・石川啄木、それぞれがそれぞれの時代を懸命に生きたといえる。生活面で言えば、賢治は親がかりであり、啄木は今でいうフリーランスと借金生活、自立していたのは光太郎だろうか。三人に共通していたのは、実に筆まめということだろう。

今回、賢治の『諸作品』、啄木の『啄木日記』、光太郎の『日記や随筆』、膨大な量を通読しているうちに季節が変わってしまった。だが貴重な日々であった。

高村光太郎

中学校の卒業文集の表紙に『道程』とあったのを覚えている。何を書いたかすっかり忘れてしまったが、表紙の言葉だけは忘れていない。

——僕の前に道はない　僕の後ろに道はできる——の力強い決意、文学好きのO先生が名付けたものだろうか。

高村光太郎は偉丈夫だ。花巻の高村山荘にある記念館を訪れた時、長ぐつが展示されていてびっくりしたが、もっと驚いたのは大きさが十三文半もあったことだ。今の大きさでは三十二・四cm。因みに十六文キックのジャイアント馬場の三十八・四cmには及ばないが、当時としては話題になったであろう大きさだ。

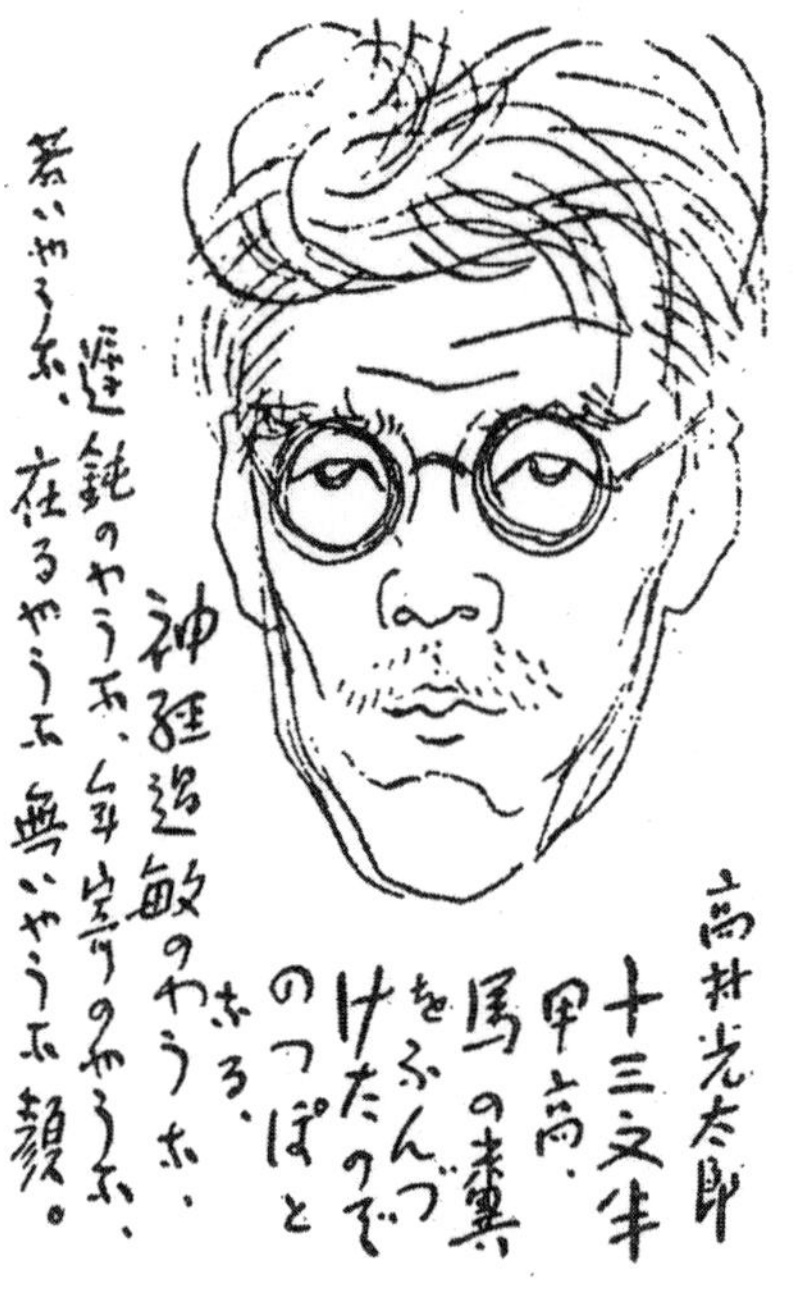

自画像

自画像の添え書きにも足の大きさが記されていておもしろい。偉丈夫光太郎の面目躍如だ。

光太郎の思い出を語っているうちに、レンタカーは高村山荘の大きな駐車場に到着する。羅須地人協会を発ってから思いのほか時間が経っていた。四時半だ。

売店は閉っている。嫌な予感だ。山荘からやって来た女性は、「閉館です」の言葉を残して姿を消してしまう。夏至に近いこの時期に四時半閉館とはもったいないと愚痴っても仕方がない。

仕方なく高村山荘に向かう。大きな木が数本見える。

右手は湿地帯、何度来ても、この歩きが心地よい。

「思いのほか大きいね」、妻の言う。

「光太郎の家の朽ちるのを惜しんだ集落の人たちが木材を持ち寄り覆ったんだよ」、説明する。

高村山荘

「套屋《とうおく》っていうんだ」

「外套だね」、「その通り！」

のぞき見るが、内部はよく見えない。

「光太郎の住んでいた家は三間半四方、その三分の一は土間、囲炉裏があって板の間、奥の三畳にだけ畳があって……」

「……」

「真冬は零下二十度、生きているのは光太郎と鼠だけ、夏はブヨと蚊に悩まされたそうだ」

妻も何かを感じ取ったようで口数が少なくなる。

「集落の人たちは野菜など持ってきてくれたんだね。そのお礼か小学校でお話をしているんだ。サンタクロースに扮した写真も残っているよ」

あのいかつい顔の光太郎、どんな話をしたのだろう。興味津々だ。

百五十mほど西の高村光太郎記念館に向かう。当然閉っている。雪国に建つ記念館、がっちりとした外観だ。

「ここに長ぐつがあるんだね」

「残念だな、せっかく来たのに。十和田湖の裸婦像の原型もあったりして」

「十和田湖、行ってない！」

「智恵子の遺したものもあるんだよ」

「二本松に行ったね。菊人形を観て、智恵子記念館で折り紙、切り絵など観たね」

そうだった。智恵子の生家で酒造業だった大きな建物が記念館。高台から二本松市を眺めたりした。安達太良山への長い山道を歩いたことを想い出した。

もう五時を回った。忘れていた！　『雪白く積めり』の詩碑を見なかった（次頁写真）。山荘と記念館が閉館なら詩碑をまず見るべきだった！　もうレンタカーを返す時間が迫っている。時間を守るという信条により、ここは見ないで帰るしかない。妻には内緒にして車に乗る。無念さは尽きない。

妻は誰もいない静かな高村山荘を堪能して機嫌がいい。時間が超過してもやはり詩碑と智恵子展望台へ行くべきだったかなと気分が沈む。

「光太郎は宮澤賢治の弟の清六を頼って疎開、そこも焼け出されてここに住んだのだ。戦争中は国威発揚の詩など書いたのを反省して七年間の独居自炊をしたんだ。冬は一ｍを越える雪に囲まれて」

どうでもいいことを長々と話す。

雪白く積めり
路を横ぎりて兎の足あと点点とつづき
松林の奥ほのかにけぶる。

十歩にして息をやすめ
二十歩にして雪中に坐す。
颪なきに雪瀟々と鳴って梢を渡り
万境人をして詩を吐かしむ
（四連中の二連）

ちょうど六時レンタカーを返す。ホッとした気持ちと残念な気持ちが半々、複雑だ。

明日は六月の第二土曜日、盛岡の「ちゃぐちゃぐ馬こ」の当日だ。出発地の滝沢市の蒼《そう》前《ぜん》神社で出発式を観て、盛岡市内でさんさ踊りを見学する予定。明後日は石川啄木の渋民だ。

もう高村光太郎山荘を訪れることはないだろうな。

高村光太郎は冬が似合う。

高村光太郎　詩碑

——冬だ　冬だ　何処もかも冬だ／見わたすかぎり冬だ——
——冬が来る／寒い、鋭い、強い、透明な冬が来る——
——冬よ／僕に来い　僕に来い／僕は冬の力　冬は僕の餌食だ——（光太郎の詩より）

光太郎の冬の生活の一部を日記から記してみよう。

——生きものといえば、夜になるとネズミがくる。人をおそれないネズミがはるばる雪の上を遠くからかよってくる。わたしの坐っているまわりをはしりながら、たたみにこぼれているものをひろってたべる。紙につつんでわきにおいてあるパンをたべようとして紙をくわえてひっぱる。わたしが手でたたみをたたくとびっくりしたような顔をして、とんぼがえりをして又ひっぱる——『山の雪』。

雪の上の動物の足跡を詳しく記している。ウサギ、キツネ、イタチなどなど。

——おもしろいのは人間の足あとで、ゴム靴でも、地下足袋でも、わらぐつでも、あるき方がひとりひとりちがうので、足あとをみると誰が歩いたかたいていわかる——『山の雪』。

現在、光太郎山荘と言われている家は、地元集落の人たちが建ててくれたという。

――それではあんまりというので、山の奥のある小さな鉱山の飯場小屋の立ちぐされになっているのがあるから、それを持って来ようということになって、部落の人たちが皆でその柱や梁を一本ずつ肩にかついでここまで一里あまりも運んできたのである。そしてそれを又もとのように組み立てて、荒壁をぬり、屋根を杉皮でふき、外に井戸をほり、ともかくも人の住める一軒の小屋に仕立てた――『山の人々』

光太郎と地域の人たちとの交流は密だったようだ。

山口小学校の開校記念日として学芸会を開いていたら、サンタクロース姿の光太郎が二年生と一緒に遊戯をしたとか、大太鼓、小太鼓などの楽器数種類を贈ったとか。

――正直親切――　――心はいつもあたらしく　毎日何かしら発見する――（山口小・中学校への揮毫）

郵便物の受け渡しでも小学校へと通っている。頻繁に地域の人との交流はあったようだ。

戦時に協力したので戦後蟄居《ちっきょ》生活をしたとの事だが、彼が馬鈴薯を栽培し、テントウムシダマシを退治している様子を思うと、彼への親しみが湧いてくる。一面、近寄り難い芸術家であるが、一面は庶民だったのかなと感じたりしている。十和田湖の裸婦像も日本女性のものだ。

ヒロシマ　―過去と現在と―

「八月六日前後にヒロシマへ行こうか」に、妻は賛成する。

「広島カープの試合も観たいな」に、これも大賛成と言う。

秘策がある。早速広島カープ球団事務所宛てに長文の手紙を書く。返事を期待して待つこと一週間、果たして来た。内野自由席券が二枚贈られてきたのだ。

二〇一七年（平成二十九年）の夏のことだ。

広島カープの選手のサインだぞ

話は四十年ほど前にさかのぼる。

子持中学校の研修旅行は八月中旬、北海道とのことで羽田空港の待合室で搭乗の放送を待っていた。そこへ大男の一団がやって来た。先頭はあの人、次はあの人、次は……、待合室のみんなは固まってしまった。ひそひそ話を交わすのみ。

まだ四十代だったので、脱兎の如く売店へ走り、Tシャツとサインペンを買い求め、先頭の男性のもとへ近づいていった。こんな時は卑屈になってはならない。大きな声で、

「監督！　わたしの二男がカープの大ファンです。サインをください」と、叫んだ。

小さな声だったら断られたかもしれないが、待合室の全員に聞こえるほどの声、断れる？

監督は温厚な表情のままサインをしてくれる。「古葉竹識」と。最敬礼！

監督はTシャツとペンを隣に座る男へ渡す。阿吽《あうん》の呼吸でさらさらと書いた人は鉄人衣笠。次はミスター赤ヘルの山本だ。盗塁王の高橋慶。名手木下。投手では北別府。Tシャツは次々と渡され、その度に最敬礼。この記述に、記憶違いもあるかもしれない。

このままサインが続いたらどうなるのだろう、ちょっと心配になる頃、搭乗の放送が始まりホッとする。監督に「優勝してください！」のお礼の言葉で、ひとりだけのサイン会は終了となる。うまくやったなとの声が聞こえ、同僚も讃えてくれる。手や背中は汗、えらいことをやらかしたものだと恐れ入る。

二男の北海道土産は行く前に手中にした。長男は阪神ファン、いつもあの帽子をかぶっている。サインに匹敵するくらいのお土産を見つけなければならない。


広島カープは記録よりも記憶に残る球団なのだろう。

この年（一九七九年）、古葉監督はセリーグ制覇、日本シリーズにも勝ち初の日本一に輝いている。カープの黄金時代の始まりで、名将と謳われた人だ。温厚、この言葉がふさわしい男だ。

衣笠祥雄、この年は極度の不振にあえいでいたが、八月一日に死球で肩甲骨を骨折、連続出場が途切れるところ、次の試合では代打で出場する。三球三振、インタビューに、

「一球目はファンのために、二球目は自分のために、三球目は西本君のためにフルスイングしました」と応える。さすがは鉄人、ニッと笑みを浮かべた表情がいい。

山本浩二、ミスター赤ヘルだ。あの頃はウエストもきゅっと締まってスタイル抜群。この年打点王に輝く。なお五年連続四十本以上のホームランを記録している。

特筆すべきは江夏豊だろう。サインはもらえなかったが、多分次の試合に備えてチームとは別行動をとっていたのだろう。この年、最優秀選手賞を獲得している。

マウンド上の孤独を背負って立つ男であった。秋の日本シリーズ七回戦の九回裏の攻防は山際淳司のノンフィクション小説『江夏の21球』でよく知られているところだ。

この年、オールスターには古葉の他四名が選出されている。後になっても語られる選手集団であった。

ヒロシマ探訪

こんなエピソードを記したのだから、球団事務所はチケットを贈らざるを得ないだろう。

七月三十一日は、群馬—東京—大阪—広島、広島市内散策、ふらりと小さな美術館に立ち寄ったりする。

翌日、野球観戦前に広島市内見学だ。広島と言えば、やはり原爆ドームと広島平和記念資料館などの遺構を見なければならない。元安川に架かるバス停で下車、この川は原爆投下直後多くの人が熱さで身を投げたという。川を挟んで原爆ドームと平和公園が望まれる。

最初に足を向けたのは、「原爆の子の像」だ（写真）。小学六年で発症した少女は翌年に亡くなっている。

病院にいる間少女は折り鶴を折り続け、危篤となった時、「お茶漬けが食べたい」と言い、ふた口ほど食べ、「お父ちゃん、お母ちゃん、ありがとう」の言葉を遺したという。

はかなげな少女の像がそこにあった。高く掲げた折り鶴が印象的であった。

少女の折り鶴一羽がトルーマン元大統領の大統領図書館に寄贈されていることを今回知った。

原爆の子の像

原爆ドームは広島県物産陳列館として建てられ、後には官庁の事務所として使用されていたという。むき出しの鉄骨、散乱するコンクリート片、七十余年を経ても原爆の恐ろしさを語っている。手を伸ばせばコンクリート片に届く近くで見学する。

原爆ドームには見学者が訪れる。外国の人たちの姿も見える。次々に訪れ、次々に去ってゆく。

広島平和記念資料館。映像で、書物で、人の話題にのぼった品々が次々と目に飛び込んでくる。

悲惨さを示す一つに「人影の石」がある。原爆投下時、銀行の石段に坐っていた人が熱線で瞬間に焼かれ、その姿が鮮明に残っていたのだ。銀行も保護に努めたが風化が進み、平和資料館に寄贈されたのだ。「死の人影」とも呼ばれているこの人は、いったい誰で、何を待ってここにいるのだろうか。

声もなく、平和記念資料館を後にする。

平和記念公園をさまよい歩き、行く先々で遺構に出会う。

世界遺産という文字を重く受け止める。

原爆ドーム

まだ四時、六時からの阪神―広島戦を観戦だ。球場に入ってびっくりする。すでに一塁側の内野席は観客で埋まっている。上段に空席がありそうだ。歩き疲れていて苦しいが、傾斜が急な階段を上りだす。山の急斜面を登る感じだ。

おばちゃんが、

「二人?」、問いかけてくる。

疲れきった様子を察したのであろうか、荷物を置いた二つの席を空けてくれる。感謝、感謝だ。

座って、初めて球場内を見渡す。三塁側は空席だらけだ。まだ四時過ぎだと言うのに、カープファンの熱気を感じる。トランペットも時々鳴る。すでに臨戦態勢だ。

おばちゃんは初めての人とも遠慮なくおしゃべり。

先発は野村と発表された。入団三年目の新鋭だ。

先発の選手が発表される度に大歓声。田中・菊池・丸・鈴木……、華麗な守備の菊池、攻守の丸、神ってる鈴木、勝利したかのような興奮状態である。選手も頑張らざるを得ないだろう。球団創設の頃はお荷物の声も聞かれたのに。

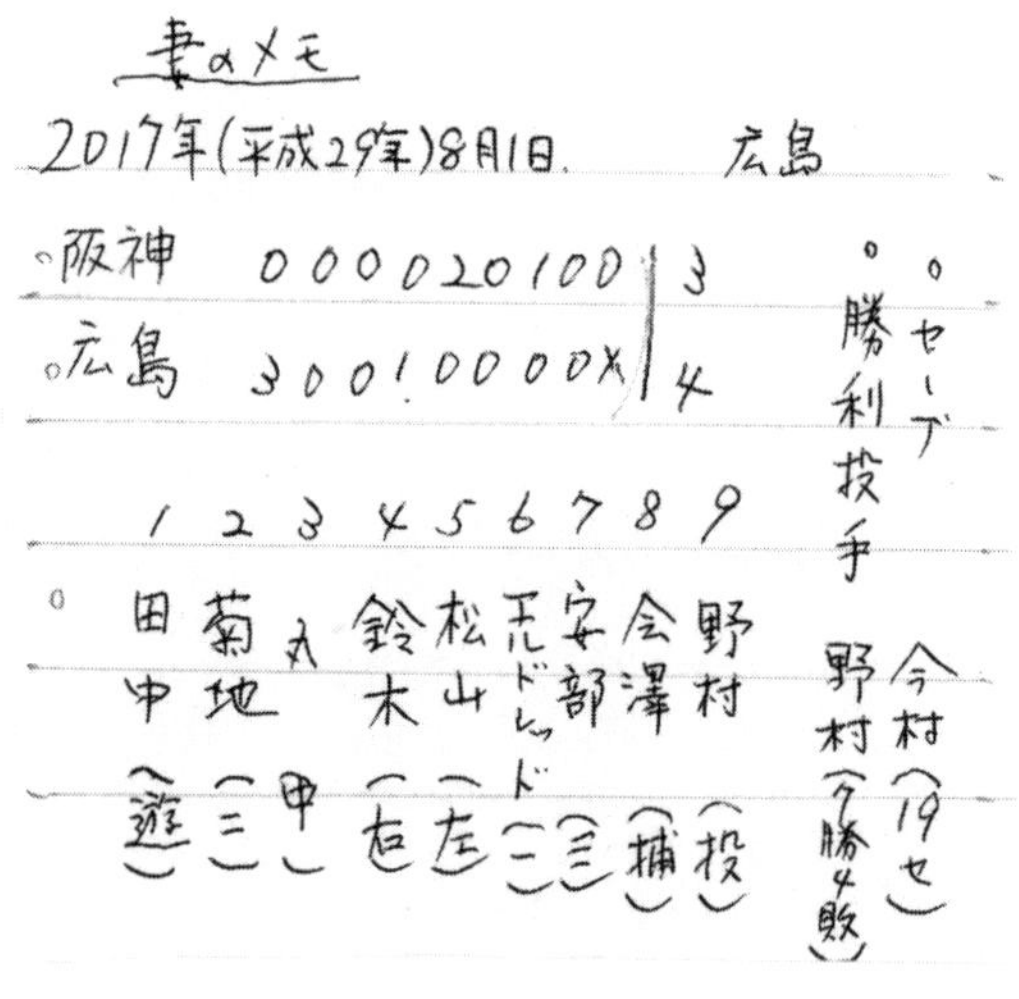

妻のメモ
2017年(平成29年)8月1日. 広島
阪神 000020100 3
広島 30010000X 4
1 2 3 4 5 6 7 8 9
田中 菊池 丸 鈴木 松山 エルドレッド 安部 會澤 野村
(遊) (三) (中) (右) (左) (一) (三) (捕) (投)
勝利投手 野村(7勝4敗)
セーブ 今村(19セ)

ラインナップ

ヒットの度に前後左右の人とのハイタッチ、おそらく初めて会った人たちなのだろうが、お構いなしだ。

ビールの売り娘《こ》に次々と声をかける。カープファンの熱気に当てられて疲れきり、七回終了を待って球場を後にする。先発野村は六回を投げ二失点、七勝目を挙げ、四敗。鈴木一打点。因みに広島はこの年、セリーグで二年連続八度目のリーグ優勝を果たしている。監督は緒方。最優秀選手は丸佳浩であった。現在、丸は巨人で、鈴木は大リーグで活躍している。

翌日、お好み焼きを食べて渋川へ帰る。疲れ果てた三日間だが永年の宿題を果たしたようで、気分は上々であった。終活の旅の一つが終わった。

あのサインはいつのもの？

宿題が一つ残った。例のサインは昭和五十四年（一九七九年）にもらったのだが、何月何日だったか、ということだ。職員旅行で手に入れたのだから、八月だ。

あの頃、子持中学校は部活動が盛んで、県大会に出場して普通、関東、全国の大会に出て初めて褒められる、そんな雰囲気だったから、職員旅行は部活動が決着した八月中旬だったのだろう。

八月の盆過ぎであろうと見当をつけて県立図書館の縮刷版を繰ってみたが、カープが北海道で試合をしたという記事がない。広島が北海道で試合？

鬱々とした日が過ぎ、ある日ひらめいた。

カープは北海道へ行くために羽田空港に来たのではなく、広島へ帰るために羽田に来たのではないのかと。

早速、県立図書館で調べてみた。

あった！　これに違いない。小躍りしたものだ。

一九七九年（昭和五十四年）八月十九日（日）、広島は大洋と横浜で試合をしている。二十一日（火）は広島で中日と試合をしている。移動日の二十日（月）にサインを手にしたのだ。間違いはない。だが確証はない。記憶違いかもしれないが、これで良しとしよう。

広島への長い終活の旅は決着した。何分、もう昔の事で記憶も曖昧だ。ここに記したことに間違いもあるかもしれないが、それはそれとして、ずっと記憶に留めておきたいものだ。

間もなく盆迎えだ。今年もナスとキュウリで牛馬を作ろう。

1979年（昭和54年）年8月　朝日新聞より

＊ 8月19日（日）　於 横浜

広島	001	200	100	4
大洋	100	010	000	2

勝利投手　北別府（11勝8敗）

セーブ　江夏（9勝5敗12S）

北別府、大野、江夏のリレーで逃げきる。

高橋、衣笠、ライトル、山本らの活躍。

＊ 8月20日（月）　サインをもらう　？

＊ 8月21日（火）　中日 0 ― 5 広島

於 広島

朝日新聞縮刷版を参照　一九七九年八月二十日（月）

秩父巡礼

―秩父路の秋　秩父路の春―

四国遍路が結願を迎えたのは平成二十二年の春のことだ。その数年後には秩父三十四観音巡りを考えていたが、あれこれの仕事で果たせず、旅への意欲が薄れてきていた。

体力的には、左足首の慢性痛で、週二回のリハビリに通う始末である。

そこに、新型コロナの出現だ。会議、活動などはみな中止。大きな波が収まると、また次の波がやって来る。蟄居生活の毎日だ。

待たされている間に、文献や案内書などを読んでみた。秩父観音巡りへの理解も深まったが、疑問点も湧いてきた。やはり秩父へ行かねばと痛感した。

東国は、天台宗の寺院が多いと聞いていたが、秩父三十四観音は曹洞宗と臨済宗であり、天台宗は一つもないことに驚かされた。なぜ？　実際に歩いてみなければわからないのだろう。

曹洞宗は、道元によって中国から伝えられた禅宗の一派であり、専ら座禅に徹するが特徴という。総本山は越前の永平寺だ。栄西の臨済宗も禅を重んじるが、北条政子など上級武士の保護を受けたのに対して、曹洞宗は地方の武士や一般民衆に広まったという。ちなみに、鎌倉五山は全て臨済宗である。

日本百観音巡りがある。東国（坂東）が三十三、西国も三十三、秩父が三十四で百観音。東国は関東の一都六県で一周は約千三百km、西国は大阪を中心に二府四県で約千二百kmとのことだ。秩父のそれは百kmほどしかない。しかも、三つの観音巡りの結願寺は、秩父の三十四番目の水潜寺とのことだ。なんだか納得がいかない。

関東の一地方の秩父が重要視されているのは何故か。これも実際に歩いて結願を迎えなければわからないことなのだろう。歩くしかない。なお四国遍路は一周すると約千四百kmほどである。四国では巡拝する人は遍路と呼ばれ、遍路道、遍路宿など、遍路なる言葉が定着しているが、秩父では何と呼ぶのだろうか。遍路？　巡礼？　こういう言葉自体がないような気もする。

曹洞宗も臨済宗も般若心経を重くみているとのことで、写経を携えて出かけようと思う。般若心経は、仏典のエキスが組み込まれているとのことで、どの宗派も大切に扱っているようだ。

ある案内書を読んで疑問に思った事がある。――弘法大師が休まれているので、橋の上では杖を突いてはいけない――とある。四国遍路では自然に使われているが、秩父の観音巡りでもこのような言い伝えがあるのだろうか。

秩父には秩父夜祭りで一度訪れただけだ。とにかく秩父を歩いて、歴史に、風土に、そして人に接することでいくつかの疑問点も解決するだろう。

各寺院の本堂、観音堂に詣でるのは当然として、それぞれのお寺で、自分なりの発見を一つはしたいものだ。三十四の発見、今から気持ちが高ぶってくる。

自転車で、列車で、乗用車で、物見遊山気分も兼ねて秩父地方を巡りたいものだ。秩父の夜祭り、小鹿野町《おがのまち》の歌舞伎にも触れたいものだ。行く先々で道を尋ねれば親切に教えてくれるだろう。

秩父の郷土食を味わえるのも楽しみだ。

○秩父路の秋　―十月十九日から二泊三日―

一日目（令和四年十月十九日）

自宅を出発して、渋川―高崎―寄居―秩父に三時間後の九時四十二分に着く。すぐ近くの重厚な秩父神社に詣でる。寺院巡りの成就を神社に祈願とは、苦笑する。隣のレンタサイクル店へ行く。まだ開店前だ。

十一時、開店。ようやく自転車を手に入れる。

重く頑丈な車体、ママチャリのように軽くないのが気がかりだ。

秩父鉄道の和銅黒谷駅を目指す。迷い、自転車を押して歩き、十二時半を過ぎて着く。

四萬部寺《しまぶじ》（札所一番）

到着しない。地元の人に聞いても要領を得ない。

上り坂もあり、うろうろ乗り回す。予定の時間の二倍以上を使って到着、汗いっぱい。

寺では型通り蝋燭を灯し、線香を立て、賽銭を投じ、般若心経を唱える。家内安全と共に三十四観音巡りの結願をお願いする。

寺の門前に「旅籠一番」がある（写真）。歴史を感じさせる重厚な造り、かつては五軒の宿があったとのことだ。二階の窓ガラスを女性が拭いている。磨いているの表現が正しいようだ。

女性に声をかける。もう百年も続いているとのこと。春は学校が休みで、訪れる人が多いと言う。

もう午後の一時を過ぎた。

旅籠一番

真福寺（札所二番）

真福寺へは、道路脇のしるべ石や案内板に従うとあるが、自転車走行では見失うことがしばしばある。ここでも道に迷い着かない。坂道は自転車を押して歩くが、足首関節痛の身では自転車にすがって歩けるので楽だ。

真福寺は訪れる人もなく、静かさに浸っていると寂しくなってくるほどだ。

真福寺は無住なので、麓の光明寺へ行く（写真）。ここが納経所。この寺は重厚感がある。山門はないが、金剛力士像がにらみを効かせている。

案内の碑に曰く。――光明寺は、秩父谷随一の格式を持った寺で、末寺に真福寺（札所二番）、常泉寺（札所三番）、金昌寺（札所四番）、他二寺があった。寺は南面して武甲《ぶこう》山と相対しているので、山号を向嶽山と呼んでいる――。

山号はこうして付けるのか。なお、今晩の宿は武甲温泉だ。これも何かの縁だろう。

真福寺の納経寺・光明寺

常泉寺（札所三番）

ここから自転車は快調に走る。快晴に気分も良い。なにより道迷いがないのがいい。

女性の参拝客を目にする。何を願うのか、長い間手を合わせている。不動の姿勢が美しい。

本堂の濡縁に「なで仏」があるので、まず足を向ける（写真）。全身がつるつるだ。

酒を愛したので真っ赤だそうで、賓頭盧尊者《びんずるそんじゃ》が正式名、自分を誇示したことからお釈迦様の怒りに触れて本堂に入れず、濡縁にいるとのこと。十六羅漢のひとりで、庶民の身近にいる仏様なのだ。

自分の患部を撫で、仏の同じ場所を撫でると病気が治るという。全身つるつるなはずだ。五本の指に余る病気の持ち主としては、丹念に時間をかけてお参りする。なんだか身体が軽くなった感じがする。

なで仏

本堂では型どおりの参拝をする。遅すぎる昼食のパンを買い、食べながら自転車で走る。

金昌寺（第四番札所）

もう迷わない。パンを食べている間に到着だ。

山門の柱に大きな草鞋が掲げられている。二mはあるそうだが、もっと大きく感じられる。寺内に大男がいるとの誇示で、魔除けの意味があるそうだ。

参拝者は草履を撫でると足や腰の痛みがなくなるとの伝えもある。足に痛みを抱える身としては、丹念に撫でる。それにしても大きい。

もっと驚かされるのは、山門から続く参道の両側に石仏が並んでいることだ（写真）。その数は千三百を超えるという。一体一体表情が豊かだ。とりわけ子どもの前では足が止まってしまう。話題なのが酒飲み地蔵。酒樽に乗り、頭に杯を載せ、左手は徳利を持つ。禁酒を願って寄進したとの説もある。奥ノ院まで石仏は続いている。圧巻だ。

石仏群

寛永元年（一六二四年）に時の住職が寄進を呼びかけたとか。秩父参拝はこの時代、庶民に普及していたことが見てとれる。

観音堂には子育て観音（慈母観音）が祀られている。母と子の像は、石とは思えないほど写実的で柔和だ。もう一度草鞋を撫でて、別れを告げる。

語歌堂（第五番札所）

きょうは語歌堂で打ち止めだ。気がゆるんだのか道に迷う。四時半を過ぎて語歌堂に着く（写真）。二人に道を尋ねる始末だ。寺は道路の脇にある。山門はあるものの、どこからも自由に出入りできる。庶民を受け入れるこんな寺がいい。

観音堂を建立した人は和歌の道に暗かったので、観音堂に籠り歌道を学んでいると旅の僧侶が現われ、歌道の奥義を論じ合ったという。この故事から語歌堂と名付けられたのだそうだ。

素人で和歌をたしなんでいる身としては願っても

語歌堂

ない場所で、今日のお目当てはここだったのだ。

　語歌堂は無住なので、東へ歩いて数分の納経所のある長興寺へ向かう。


【閑話休題】


　今日の宿は武甲温泉だ（写真）。紅葉狩りのこのシーズンはどこに連絡しても予約が取れず、取れたのがこの宿、しかも連泊で泊れたのだ。ラッキーだ。

　武甲温泉は日帰り入浴で知られているとフロントの若者は言う。建物も立派だ。食事は温泉の二階だ。

　宿泊所は温泉の隣の一戸建て、幾つも建っている。

　朝晩は寒さを感じるようになった。

　早々に眠りに就く。

　無事にきょう一日が終わった。全てに

武甲温泉

感謝だ。

二日目（令和四年十月二十日）

朝の寒さに目を覚ます。秩父地方は気温四・四度とテレビが報じている。エアコンの操作に不慣れなので使わず。昼には二十度を超えるとのこと。

七時食事、七時半出発。今日は横瀬町を中心に九つの寺院を打つ予定だ。

八時、横瀬町役場に着く。坂道で自転車に乗れない。役場職員の出勤時間、女性に卜雲寺《ぼくうんじ》を尋ねる。地図を持ってきて教えてくれる。なお、横瀬町はよこぜ町が正しいと教わる。昨日の語歌堂もよこぜ町なのに、よこせで通していた。許せよ！

卜雲寺（六番札所）

三十分後に卜雲寺に着く。武甲山がすっきりと見える。今日は武甲山と共に移動だ。元気が出る。

まず、ねがい地蔵尊、次に六地蔵にお参りする（写真）。いいお顔だ。元文二年（一七三七年）、八代将軍吉宗公の時代に創立されたという。――各地で疫病が蔓延しその病気平癒祈願を願い地蔵尊の御慈悲を賜りました――とある。さらに、――今日まで子育　身体健全　延命のねがい地蔵尊として遠近を問わず多くの方々の信仰をあつめております――とある。赤い帽子とあぶちゃん（よだれかけ）がまぶしい。

庶民は祈り、願うしかない。明日への生きる力をもらってたくましく生きていたのだろう。

法長寺（七番札所）

山門の脇に——不許葷酒入山門——の石柱が建つ。

臭気の強い野菜や酒は修行の妨げになるので寺内に入るのを許さないの意で、さすが曹洞宗の寺、この心意気や良しだ。昨夜の酒はもう匂わないだろうと息を吐いてみる。胸を張って山門を入る。

本堂の左手に牛伏の石像がある（次頁写真）。悪行の報いで牛になった男が妻子の元へ帰ってくるという伝承で、妻子も共に出家するという、やはり切ない話だ。因みに、本堂は牛伏堂とも言うそうだ。

本堂は、秩父では見かけないような大きさで、

六地蔵

なんでも平賀源内が設計したとの説もあるそうだ。

源内といえば江戸時代の奇人のひとり、四国遍路の折り彼の生家を覗いたことなど想い出した。

暑くなってきた。次は、すぐ近くの西善寺だ。

西善寺（八番札所）

通常は石段を上って本堂に達するのだが、この寺は石段を下るのだ。しかも足下は自然石、両側には巨岩があり、一歩一歩慎重に降りる。

境内には巨木が枝を広げている（写真）。納経所の和尚さんに尋ねる。コミネカエデ（モミジ）と言い樹齢は六百年、十一月の紅葉は見事だと話す。境内の大半を覆っていると表現していい。

高さは七・二m、傘回りは五十六・三mとある。

境内になで仏、銅製の賓頭盧尊者が全身つるつるの姿でいらっしゃる。多くの参拝者が健康でいられるように願っているのだ。

六地蔵を拝してから九番に向かう。

牛伏の石像

明智寺（九番札所）

気に入った。こんなお寺がいい。寺の手前は急坂でうんうん言いながら自転車を押す。上りあげた右手が目指すお寺だ。

山門がない。小さな木札が立ち、まだらな生け垣があるのみ。幼稚園の庭ほどの境内には車の轍《わだち》が何本もある。道路からそのまま入れる駐車場でもあるのだ。来る者拒まず、だ。

だが、目の前の観音堂は方形造り（次頁写真）、どこやらで目にした造りは法隆寺の夢殿と似ているではないか。左手には文塚と子育て観音が建つ。一目で境内の全てが見通せる。

こんなお寺がいい。庶民を見下すような山門、豪華な伽藍配置のお寺はご免だ。

本堂の隣に軽トラが止まっている。納経所を覗くと作業着姿とも見える男性が新聞を読んでいる。しばらく話す。――うちは檀家が無いので――と話し

コミネカエデ

たように聞こえた。

檀家が無い？　家に帰って調べてみた。在るのだ。先の法隆寺、さらに京都三千院、長野の善光寺など、テレビでおなじみの「やまと尼寺精進日記」のお寺も檀家を持たないのだ。檀家の有無は、その寺の方向性にあったのだ。即ち供養の為と現世利益を願うそれだ。認識不足であった。

明智寺は女性の信仰の篤い寺だ。

文塚に寄ってみる。詩文などの草稿を埋めて供養したそうだが、特に女性たちの願いが込められいるそうで、たくさんの絵馬が掛けてある。

隣には安産と子育ての子育て観音が立つ。

また、この寺は眼病に効とのことだ。横瀬の里に住む盲目の母と貧しい子ども、観音様に願を掛けると母の目が開いたそうな。両目の緑内障と白内障の手術をし、網膜剥離の手術までした身には願ってもない場所だ。心も体もすっきりした。

大慈寺（十番札所）

大慈寺の門前左に延命地蔵がある。表情も豊かで大きな石像、大慈寺参拝に期待が持てる。

しかし、待っていたのは石段で、歩くのにも苦労している昨今、手すりにすがる始末だ。

だが、苦あれば楽あり、武甲山の勇姿に癒やされる。見守ってくれているのだ。御賓頭盧様を拝む（写真）。五番札所からこの十番札所までは横瀬町に在り、今日も泊る武甲温泉も横瀬にあ

観音堂

大慈寺　御賓頭盧様
はじめに自分の体の悪い所を手で触り、そして、おびんずる様の同じ所を手で触る

る。

　朝は町の職員にお世話になった。想い出に残る町となるだろう。

　このお寺は、アニメ映画にも登場して有名になったとのことだが、とんと知らなかった。絵馬にもその影響が感じられる。

　安政六年（一八五九年）に造られた「子安観音」も一見に値する。子どもを抱くふくよかな顔立ちに癒される。

常楽寺（十一番札所）

　参道を歩くと大きな石柱が目につく（写真）。南石山常楽寺と刻まれ、その上に二行、本尊十一面観世音、厄除元三《がんざん》大師とある。このお寺は天台宗？　元三大師といえば天台座主であり、中興の祖として名高い僧ではないか。

　納経所で確かめてみた。この寺は元来天台宗の寺で、後に曹洞宗になったとのこと。我が家も天

厄除元三大師

台宗に帰依しているので、俄然親しみが湧いてきた。

明治の時代、大火に遭った時も本尊の十一面観世音だけは守られたと伝えられている。般若心経、心を込めて口にする。

一月三日は元三大師の入寂とのことで、縁日で賑わうと話されていた。何もすることはないが、境内で時間を過ごす。

元三大師といえば、おみくじの元祖と言われている。予言ではなく、自分の進むべき方向性を示していただくのだそうで、安易なものではない。

野坂寺（十二番札所）

怪力の牛に出会った（写真）。山門に十牛観音がある。昭和六年頃から戦後にかけてトラックの代わりに米、麦、薪など運んだ牛で、——当時、普通の牛の三倍を超す三、七五トンの荷車を引いて、戦後の復興期に尽くした怪力の牛。気性は大変荒く、飼い主以外は近づけなかった——と説明がある。怪力の牛として敬われたのだ。

戦後の記憶はあまり無いが、農作業のために牛

十牛観音

や馬が飼われていたことは知っている。牛馬は人間の生活と共に生きていたのだ。

　本堂前にあるふれあい観音に触れることで、――悪い知恵がつく前の昔の心に戻ることができる――そうで、穏やかな表情がなんともいい。

　四季花が咲き誇る庭園、十三尊仏、子育て呑龍上人《どんりゅうしょうにん》、子授け観音菩薩など見処いっぱいのお寺である。おそうじ小僧という像も在った。

　来た道を、未舗装の二mほどの細道を一kmほど戻る。今日の打ち止め慈眼寺の前に御花畑駅に寄ってみる（写真）。秩父三十四観音巡りを志してより気になっていた駅で、駅周辺はお花畑と想像していたが、東京私鉄沿線の人工駅と同じで興ざめだ。駅名板には芝桜駅、小さく御花畑駅とある。

　なんでも近くに芝桜で知られた公園があ

芝桜駅（御花畑駅）

るとかで、平成二十一年に副駅名「芝桜駅」が設定されたとのことだが、これでは元祖御花畑駅の肩身が狭いようで気の毒に感じる。軒先を貸して……ではないか。ホームの蕎麦を食したかったが、すぐ近くの慈眼寺に向かう。今日は昼食らしきものを摂っていなかったことに気づく。

　蛇足だが、この駅は秩父鉄道の駅だったたが、今では西武鉄道も乗り入れているそうだ。ここは秩父市の中心地なのだ。

慈眼寺（十三番札所）

　眼病に効との慈眼寺（写真）、秩父路を巡る目的は眼の平安にあるのだが、行く先々で病気平癒、延命などの文字に出会い、少々食傷ぎみだ。それだけ庶民はお寺にすがって生きてきたのだろう。

　都会の寺だけに参道も境内も狭いが、庶民

慈眼寺（目薬の木）

には強い味方のお寺だ。大きな目薬の木が立ち、案内板も立っている。——この木を煎じた汁で目を洗うと、眼病に良いとされ、……長者の木とも呼ばれ、日本固有の薬木です。目の健康と万病予防のため、昔から多くの方に愛飲されています……とある。木の前にあるベンチで大休止。

境内ではススキが揺れ、秋日和だ。コスモスがあれば風情が増すだろうなどと思ったりしてみる。外国の人も日本人と連れだって参拝している。何組も見かける。日本人の好む風情を理解しているのだろうと思ったりしてみる。

横瀬町の八寺は打ち終わった。道を問えば、教えてくれる、いっしょに歩いてくれる、そっとミカンを差し出す。昔から参拝者に寄り添ってきた人たちの心遣いが感じられる横瀬町、今日も泊まる武甲温泉も横瀬町にある。

夕方から気温が下がりだす。浴衣では寒いくらいだ。今日も泊まり客はただ一人、食事場所が寒々と感じられる。十一時の天気予報を見て寝る。明日も晴れとのことだ。

三日目（令和四年十月二十一日）

今朝は五、四度とのこと。早々に出発する。横瀬町役場を目指して自転車に乗ったり押したり。昨日の職員に出会うかな、と思ったりして。

今日は十四番から十七番までを午前中に打ち、昼食後、列車で群馬へ帰る。楽なコースだが楽観してはならない。まずは昨日の打ち止めの慈眼寺を目指す。この辺りは起伏もなく、自転車も楽々と乗れる。

今宮坊（十四番札所）

わずかな距離、迷いもなく着く。道路に横断幕が架かったところが今宮坊だ。坊とは寺のこと。

明治初年の神仏分離令により、今宮神社と今宮観音堂（現今宮坊）などに分離されたのだ。一巡するのに時間はかからない。

本堂の前に輪廻塔がある（写真）。説明に曰く、――この塔の車石を廻と、地獄道や餓鬼道にさまよっている亡者が極楽に生まれ代わり、現世を安楽に暮らせると言われています。ぜひお廻しください――。廻さなければと四、五回廻してみる。なんだか切なくなってきた。もう一度廻して終わる。

亡き人を供養する盆の行事を想い出した。

幾つものお堂が建ち、こじんまりしたお寺だ。

輪廻塔

少林寺（十五番札所）

少林寺は秩父神社のすぐ近くにあり、秩父鉄道の踏切を渡り、十余段の石段を上ると、目の前に大きなお堂が現われる。蔵造りで、漆喰が陽に輝いている。秩父大火の教訓を生かしたとのことで、屋根は入母屋造りだ（写真）。

その案内板に、秩父事件に殉職した二警部補の墓が在ると記されている。鎮圧する側にも犠牲者が出たことを初めて知った。

別の案内板に秩父事件として詳しく経緯が記されている。昭和五十年、秩父市が建てたのだ。

困民による一大蜂起に至る経緯を記した上で、後半、次の様に記されている。――この一大蜂起事件も、これまで秩父暴動、暴徒、騒動と呼ばれてきたが、近年徐々に「秩父事件」としての性格が掘り起こされ、この呼称が定着しつつある――と記され、最後に、――この戦闘で殉職した両警部補に対し、当時の山縣有朋内務大臣から贈られ

入母屋造り観音堂

た碑文が建立されている——とある。

この騒動は、事件として正当に評価されてきたのだ。一気に読んだ。読み返した。

自由民権運動にも影響されたこの事件、詳しくは何も知らない。群馬事件もあったとのことだが、詳しくは帰っての宿題としよう。

秩父の困民が集結した寺が二十三番音楽寺だそうで、事件を起こした側がどのように扱われているか、すぐにでも訪れたいものだ。

ほどよい広さの境内、各種の花が咲いている。

四月下旬からのボタンが見事だそうで、ボタン寺とも呼ばれていると、通りかかったおばあちゃんが教えてくれた。

西光寺（十六番札所）

四国遍路を想い出した。西光寺は真言宗なのだ。

秩父の札所には他に二寺あるだけで、他はすべて禅宗の寺々である。

回廊塔（次頁写真）、これがお目当てだ。一望できる境内、弘法大師空海の立像もある。まだ修行中のものかと思ったりする。

本堂右手に回廊堂がある。天明三年（一七八三年）、浅間山噴火の御難加護を祈願して建てられ、——四国八十八ヶ所の御本尊の模造が奉安されている——とある。

入り口には四国霊場の各本堂前の砂を埋め、お釈迦様の足跡が刻まれている。本格的だ。これを踏んでから入場、程良い大きさの模造がずらっと並んでいる。――ご本尊をすべて拝むと、四国八十八ヶ所をお参りしたのと同じ功徳がある――とのことで、四国遍路のお札も込めて手を合わせて進む。ご本尊が間近で見られるだけに、親しみの持てる場所だ。

本堂や回廊堂は、幾たびかの災難を受けながらも浄財により復興したとの説明もある。尊い事だ。

今回の打ち止めの定林寺はすぐそこだ。

定林寺（十七番札所）

石段を上る手前右に梵鐘（写真）がある。由緒があるとのことで、最初に寄ってみる。案外近くで見られる。――この鐘はその周囲に秩父・板東・西国の霊場百ヶ所観世音の御本尊像が、浮彫に鋳出され、百ヶ寺の御詠歌が刻まれてある。精巧な作で貴重な工芸品として、県の

回廊道

有形文化財の指定を受けております。（昭和三十九年）――とある。なお、この鐘が出来たのが、――宝暦八年（一七五九年）正月として、施主と鋳師――まで記されているではないか。近寄って見る。確かに鐘の全面に観音様が見える。御詠歌はさすがに見えない。

よほどの信仰心に突き動かされての鐘の所望であり、梵鐘には鋳師の心意気が感じられるのだ。庶民の願いが込められているのだろう。

この鐘の音色は素晴らしく、秩父三名鐘に一つだそうだ。なお、鐘は参拝前に撞くと「入り鐘」と言って縁起がいいとのことだが、どのお寺も撞いていいとは書かれていない。ここでも和尚さんが驚いて飛び出してきそうで、眺めて終了とする。百観音に関わるこの鐘、撞きたかったな。

観音堂の周囲には吹き出し（濡縁《ぬれえん》）の回廊があり、念仏回廊と言われているそうだ。鶴の絵を眺めたりしながら一周することが出来る。他の寺にはなく、心落ち着く時間だ。

今回、二泊三日で十七寺を打ち終わった。予定通りとはいえ、自転車での観音巡りは行く先々で道を問う始末だ。その度に快く教えてくれた地元の人たちに感謝だ。ミカンももらったりした。四

梵鐘

国ならお接待だが、秩父ではこの厚意をなんと呼んでいるのだろうか。

なお、寺の名前より何番は?、と尋ねた方がわかりやすいことを知った。これは発見だ。

お尻に擦り傷が出来て痛い。四国遍路では二週間も自転車に乗り続けてもなんともなかったのに。擦過傷なども傷跡が消えるまでに三週間ほどかかる。老いを感じる小さな出来事だ。

昼食後、群馬へと向かう。次は二週間後だ。


秩父路の行く先々で道を問う共に歩いて教える人あり

道問えばミカンくださる老夫婦感謝を込めて両手で受ける

新型コロナ陽性者が増えてきた。十月二十六日、全国で新たに五万人を超えた。五万人越えは九月二十三日以来という。一週間前より六千人余り多く、前週を上回るのは四日連続だそうだ。

秩父三十四観音巡りの後半がピンチだ。コロナ情報に耳を傾ける。今後も陽性者は増える見込みとコロナ評論家?　が力説している。十一月半ば過ぎは寒さも強まるだろうから、実施したくない。期間は限られているのだ。宿泊所の予約もある。

十一月五日、観音巡りを断念する。コロナには勝てない。予防接種をしているとはいえ、やはり不安だ。高齢者は後遺症が出るとのこと、無理はしたくない。

切り替えは早い方で、まず畑仕事に専念出来そうだ。十二月になると大根、野沢菜、白菜の収穫がある。漬け物にするのは妻の仕事で、腕まくりをして待っている。

次に越冬野菜の世話がある。大根、白菜、ゴボウ、里芋など、ホウレンソウや小松菜などに土寄せや藁敷き、ビニールで霜除けもする。小春日和での仕事は楽しいものだ。

さらに、秩父十七観音巡りの写真と記録を残す仕事もある。写真を見ながら秩父の三日間を振り返ってみるのも一興だ。そして、秩父事件、群馬事件を書物で読み、調べたいものだ。正月には子や孫らが集う楽しみもある。

観音巡りの後半は、三月中旬以降になるだろう。秩父の桜を見て、レンゲの花咲く野道を歩ければ最高だ。物見遊山、これでいい。

正月は何もしない。いつもの年賀状を書くとしよう。


今年また冬眠しますと賀状書く目が覚めるのは啓蟄の頃

この冬は寒波もあったが全体に暖かく、特に二月は気温が高く少雨、三月の十五日頃には東京で桜が咲くとの予想だ。史上初めてとのことだ。

秩父三十四観音巡りの後半を打つ準備をする。

今回は、高速に乗り、秩父へ行くとしよう。一日目は車で、二日目は自転車で、最終日はまた車で移動しようと決める。八十を過ぎたら高速道路の走行はしないと決めていたのだが、慎重のうえにも慎重に走ろうと決める。

○秩父路の春 ―三月三十日からの二泊三日―

四日目（令和五年三月三十日）

八時半に自宅を出発。渋川インターから花園インターまで高速道路、次いで国道１４０号で秩父へ向かう。和銅黒谷駅に十時に着く。ここまで八十九㎞だ。大休止。

一番札所の四萬部寺へ向かう。前回に打ったのだが、無事結願が迎えられるよう再訪する。春の陽差しに家族が境内で遊んでいる。

神門寺（第十八番札所）

四萬部寺を出て道に迷う。カーナビを作動させずに走っていたのだ。予定時間を二十分も過ぎて到着する。安易な行動は慎まねばならない。

神門寺は、大野原駅近くの国道沿いにあるのに車

観音堂とニコニコ地蔵

の騒音は境内にまでは入ってこない。桜が満開、ちらほら散ったりしている（写真）。写真の仏様はニコニコ地蔵とのこと、柔和な表情に癒やされる。

観音堂には回廊があり、如来、菩薩が祀られているとのことだが、改修工事のため入室禁止。蓮華堂にも如来、菩薩が祀られているので丹念に見入る。今日は札所間が短く、四時間で七つの札所を打てばいいのだ。時間は十分にある。

その昔ここは神社で、大きな榊が楼門のようだったことから神門寺と呼ばれるようになったと。

龍石寺（第十九番札所）

小さな造りの三途婆堂に行く。奪衣婆、閻魔大王、賓頭盧尊者が祀られている。説明に曰く―薄暗い堂内には閻魔を始め、十王像など冥土の恐怖を強調するもの、三途の川の脱衣婆をまつる三途

三途婆堂

婆堂もあって、仏教の暗い一面をみせる札所でもあります――(前頁写真)。なんだか背筋が寒くなってきた。だが、ここには春の陽光が降り注いでいる。

境内の大半は大きな盤石であり、観音堂はその上に建っている。境内は凸凹して歩きにくく、ストックに頼って歩く。

春の陽差しを浴びて、瞬時居眠りをする。

岩之上堂(第二十番札所)

普通は石段など上るとお堂に着くのに、ここは下るのだ。観音堂の宝形の屋根が春の陽に輝いている。手すりにすがり、ゆっくりと下る。春の花が咲き誇っていて、なんとも贅沢な気持ちになってくる。

まず乳水場に足を向ける。貧しい乳母が、乳が出ずに悲しんでいると、お堂の下にしたたる水を飲むべしとのお告げに飲んでみると乳であったとのこと。足を向けるが、現在は危険なため通行止めになっている。残念!

ならばと摩尼車《まにぐるま》を廻す。お経を唱えながら廻すのだそうで、お経は下部に書かれている。この親切さがいい。

観音堂内に猿子《ましこ》が吊されている。出産と生育の無事を願った飾り物で、堂内をより華やかに彩っている。親切、こんな言葉がぴったりのお寺だ。

観音寺（第二十一番札所）

県道が走る道路に面して建つ、なんとも開放的なお寺だ。駐車場にバイクが止まっている。中年の男性とずっと一緒だ。なんだか親近感が湧いてきている。

大きな宝篋印塔が建っている。本来は仏典を収める塔であったが、現在は供養塔の役割を持つ。この塔の回りをお地蔵さんが囲っている（写真）。帽子をかぶり、色とりどりのよだれかけをしている。よだれかけは子どもの成長を願ったものだそうで、華やかに感じる。

ここに句碑を建てる？　芭蕉の「しづかさや岩にしみ入る蝉の声」が境内の一等地に建っている。地元の画家の文字を刻んだとのことだが、やはり違和感がある。立石寺に在ってこそと思うのだが。

大正時代、火災が起こった際に難を逃れたので、この寺は火除けのご利益があるのだそうだ。火除けに効の寺とは初めて聞いた。神妙にお願いする。

宝篋印塔とお地蔵様

バイクの男性は出発した。次の童子寺でも会えるだろうか。すぐそこだ。

童子堂（第二十二番札所）

童子堂に向かう角に大きなお地蔵様が座っている(写真)。迷うことなくお寺に着ける。お地蔵様は道路脇にいて庶民を導く仏様なのだ。観音様と同じ菩薩なのだ。

子どもを守ってくれる仏様でもあり、いつも私たちのそばにいてくださると言う。

四国遍路で「童学寺」に立ち寄ったことを思いだした。弘法大師が修行したことからの命名だが、この童子堂の由来は深刻だ。

その昔、子どもたちの間で疱瘡（天然痘）が流行った時、観音様を祀って祈願し、岩間から生ずる清水《せいすい》をつけると病が治ったことからの命名だ。

仁王門には童子仁王一対が安置されている

童子堂入口のお地蔵様　後方は武甲山

が、なんとも無邪気な表情に、つい見入ってしまう。

参拝後、もう一度お地蔵様に見入る。台座に座っているが、長年風雨にさらされた証拠に彫りも浅く定かでなくなっている。

後方に武甲山が望まれ、季節になれば、ここは水田に変わるという。豊穣の地なのであろう。

音楽寺（第二十三番札所）

音楽寺とは珍しい名の寺だ。この山の松風の音が菩提の奏でる音楽と感じたからという。新曲のヒット祈願で訪れる音楽関係者もいると聞く。

境内に「秩父困民党無名戦士の墓」の碑が建っている（写真）。――われら秩父困民党暴徒と呼ばれ暴動といわれることを拒否しない――ただこの地で戦闘は行われていないし、

無名戦士の墓

戦死者も出ていない。寺の鐘を打ち鳴らして秩父市街地へ進撃した集結の地なのだ。

騒動、暴動、暴徒と呼ばれた一連の動きを正しく評価させたいとの叫びともとれる碑面だ。

バイクの男性もさきほど無名戦士の墓に見入っていた。次の法泉寺でも会えるだろうか。

法泉寺（第二十四番札所）

法泉寺の石段は急、しかも直線とのことで覚悟していく。だが、車は観音堂と同じ高さの駐車場に着いて驚く。石段の上から下を眺める。手すりはあるが石段はすり減り、危険な感じがする（写真）。

二十段ほど下ってみる。家族四人が上ってくる。

石段を数えている声、「一一七段！」、子ども二人は同事に声を上げる。

待てよ、案内書には一一六とあるぞ、なにやら

116の石段

おかしい。確かめる術もなく、その場を離れる。縁起に曰く——武州恋ヶ窪の遊女、口中の病に悩んでいたところ、秩父の修行僧が一本の楊枝を与え、……かの楊枝で口内をそそいだところ、忽ちにして癒えた——と。

あの病も、この病も、みんな信心にて治る、こうであったらいいのだけどな。

さて、石段の数は氷解した。二人の子の父親（学者然とした人）が、「寺社では最後の一段は聖域なので数えないのだ」と教えたのだ。目からウロコであった。

バイクの男性は立ち去った。以後姿を見ない。

今日の日程はここまで、七つの寺を打つ。四時過ぎ、西武秩父駅近くの旅館たちばなに入る。

風呂に入り、十八時に夕食。天ぷら、さしみ、焼き魚などに満腹。ビール、日本酒に酔う。

朝五時、百観音の結願寺の御砂を踏んでいる夢を見る（写真）。吉か凶か、心配で以後寝られず。

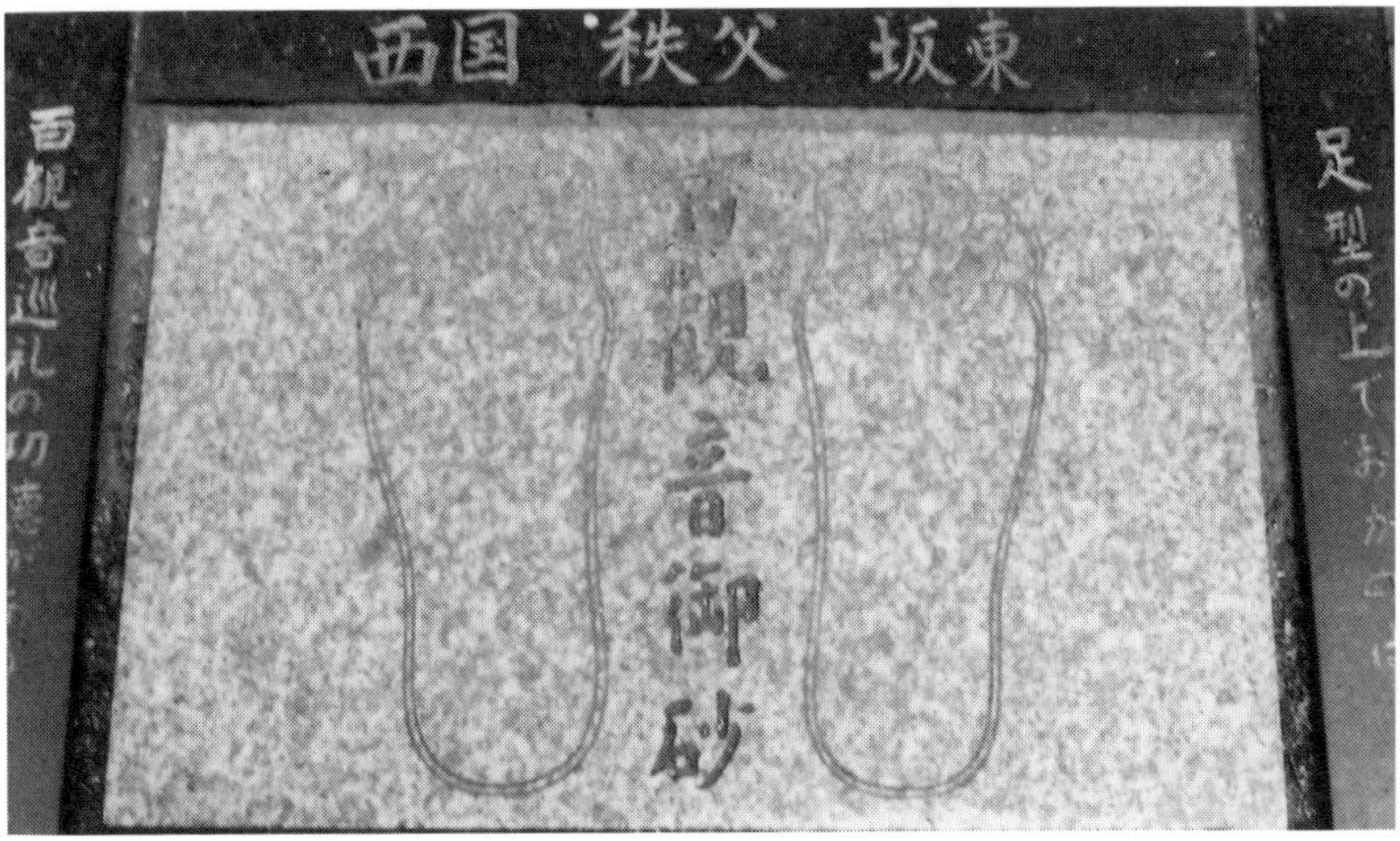

結願寺の御砂踏み

五日目（令和五年三月三十一日）

急遽、今日も車で参拝することにする。

予定では、午後二時まで自転車で秩父市内の六つの寺を打ち、以後、小鹿野町の二つは車で打つだったが、目が覚めたら両足が重い。さらに、左足首に痛みがあるのだ。結果、車で正解であった。

久昌寺（第二十五番札所）

花の寺だ。桜はもう残り少ないが、レンギョウ、菜の花は今盛りだ。竹はみずみずしい緑だ（写真）。

弁天池の畔を歩いて本堂へ向かう。池の水もまだ眠っているようで、波ひとつなし。

七月から八月、きれいな蓮の華が見られるという。綺麗という漢字にぴったりなのが蓮だ。

花の寺

弁（財）天は七福神の一人で、金運や縁結び、音楽や芸能などにご利益が得られる神様だが、この名がここにあって良しとしよう。心洗われる地なのだから。

五人の参拝者がにぎやかにやって来た。高齢の女性で、人生を楽しんでいる様子が見てとれる。

圓融寺《えんゆうじ》（第二十六番札所）

今日は車利用で楽をしているので、奥の院まで行こうと決めていた。ストックがあれば大丈夫だ。

まず本堂に参拝する。大きな建物で、間口が八間もあるとは、驚きだ。境内の桜が咲き誇り、散り始めている（写真）。いい風情だ。

般若心経、声を出して唱える。すっきりする。

桜の花の下に腰を下ろして休む。今日も気温二十度ほどで初夏の陽気だが、汗が引いてゆく。

観音堂へと歩き出す。岩井堂とも言うそうで、

桜　咲き散る

三十分はかかるとのこと。一時間弱で着きたいものだ。ストックに頼って、一歩一歩進む。最後に、長い石段、息を切らして歩き、疲れ果てる。十人ほどの人がいる。こんなに？　歩くことを厭わない人たちがいることを、頼もしく思う。

奥の院まで行けたし、車使用が正解であった。

大渕寺《だいえんじ》（第二十七番札所）

山門を入って左、観音山延命水と記された水場がある。これを飲むと、三十三ヶ月長生きできると記されている。甘露、甘露。

人は、このような有形無形の授かり物を得て安穏に暮らせるように寺社に詣でるのだろうか。ゆったりとした境内、その奥には名もゆかしい月影堂と呼ばれる観音堂がある。

家族が参拝している。両親と小学生か。無言で、作法通りだ。終わるのを待って、観音堂に歩む。

家族は藤棚の下のベンチで休んでいる。そう言えば、この寺は藤の花の美しさでも知られているそうだ。

橋立堂（第二十八番札所）

広い駐車場に車を入れる。ここは、すぐ近くの鍾乳洞見学のための駐車場だったのだが、今は訪れる人もなく、草も生え荒れている。栄枯盛衰だ。

舗装された道を下る。今度は上って橋立堂。

女性が境内を箒で掃いている。互いに挨拶だ。

本尊は秩父札所唯一の馬頭観音で、日本百観音でも西国に一寺あるだけと言う。頭に馬頭を載せた観音様は、交通安全の守り本尊だそうな。

馬は、農耕や運搬、戦でも活躍したが、今は日常では見かけなくなってしまった。

境内に馬堂があり、左甚五郎作の二頭（栗毛と白馬）の木造がある（写真）。甚五郎は、江戸初期に活躍したとされる伝説的な彫刻職人で、講談、浪曲、落語と今でも人気が高い。日光東照宮の眠り猫など全国にその作品が知られている。

境内には躍動感あふれる馬の銅像まである。

巨岩をくり抜いたように建つ朱塗りの観音堂は一見に値する。

帰り、まだあの女性は箒でていねいに掃いている。

左甚五郎作の馬

長泉院（二十九番札所）

　大きく、どっしりとした本堂、御本尊は秘仏とかで午年の時にご開帳とのこと。ほとんどの寺も同様だ。惜しいな、と言わざるを得ない。

　長泉院の境内は見事な庭園だ。参道入り口には古木のしだれ桜――よみがえりの一本桜――が散り始め、地面をピンクに染めている。一時期咲かなかったが、再び咲き出した巨木という（写真）。

　ご本尊までの両側も花、花、花。桜が咲き、つつじは紫に咲いている。境内には石庭づくりも見え、古都を訪れた雰囲気だ。色彩豊かな庭園だ。

　花見客も大勢見られる。みんなゆったり、子どもの声が聞こえるのがいい。

　境内の奥には秋葉堂がある。ここには火防の神様が祀られていて、家内安全もお願いする。

　行く先々の寺院で、もう十指に余るお願いをしただろうか。結願まであと五つの寺、どんな願いを叶えてくださる仏様に出会えるだろうか。願い

よみがえりの一本桜

に行動が伴ってこそ、事は成就するのだ。

法雲寺（第三十番札所）

境内を歩いていると、グッ、ゲッいう低い音がする。間隔をおいて聞こえる。最初はお寺さんで流している音楽かと思う。また、聞こえる。

境内の池を見て得心した。蛙だ、蛙の声だったのだ。手足を伸ばせば二十㎝を超える蛙が池で遊んいるのだ。こいつはこう鳴くのか？

今歩いているのは浄土庭園、蛙の声が静けさをいっそ引き立たせている、と感じる。

黄色い花が目に留った（写真）。何の花？　納経所の女性に尋ねる。

「ミツマタの花です」いとも簡単に応じる。

和紙の原料となる楮《こうぞ》、三椏《みつまた》のそれか。枝の先端が三つに分かれているので、ミツマタの名を得たと女性に教わる。形容し難い花の美しさ。

「蛙は？」、「ガマガエル。ヒキガエルとも言いま

ミツマタの花

すね」。ガマとヒキは同じだったのか。
わからない事は聞くに限る。知ったかぶりは身を滅ぼす、法雲寺を詣での教訓となった。
ガマガエルが一匹、駐車場で見送ってくれた。

法性寺（三十二番札所）

秩父市から小鹿野町に行く途中に法性寺があるので、順番を違えて先に打つ。山間部を走るかと覚悟したが、案外平地なのに驚く。

秩父の苔寺と称される法性寺、山門を入って石段となるが、その上り口に、花浄土と書かれている（写真）。この命名に感心し期待が高まるが、長い石段に周りを見る余裕がない。立ち止まって周囲を見渡しても、このところの晴天続きに苔も色あせて生気がないのが残念だ。

奥の院まで往復で一時間、鎖にすがっていくとのことで、ご勘弁を願う。十年前、まだ山歩きの現役の頃なら勇躍足を向けただろうが。

花浄土

境内から少し上った観音堂に手を合わせ、鐘楼が二階にある山門を眺めて、きょうの打ち止めの観音院へ向かう。

観音院（三十一番札所）

疲れ果てる。山門から境内まで三百余の石段。自然の傾斜に石段を設けたため、いかにも歩きづらい。慰めは句碑が次々と現われることだ。十五分ほどの上りというが、一瞬も手すりを放すことができない。三十分ほどはかかっただろう。この石段は、厄除けの石段と言うそうだ。

聖浄の滝が見事だ。落差三十ｍほど。かつては修験者の修行の場だったとのこと。水は雨のように降り注いでいるだけ（写真）。滝壺から一ｍの所に虹が出来ている。苦労して歩いてきたご褒美か。

観音堂は、切り立った岸壁に囲まれている。

下山も手すりを離せない。軍手をした手

聖浄の滝

で清掃をしている感じ。鳥の糞も取り除いて下る。天台宗で言う「一隅を照らす」を実践している感じだ。

石段の最後の所に石柱がある。左には「道中安全」とあり、右には「またのお詣りを」と彫られている。もう勘弁して、と今日の宿に向かう。

今日の宿は小鹿野町役場に近い越後屋旅館だ。夕食時、次々と出来たての料理を運んでくれる。こんな心遣いしてくれると酒もすすむ。

六日目（令和五年四月一日）

朝、十名ほどで食事する。旅館名の由来の問いに、先代は新潟出身と応える。

今日二つの寺を打てば秩父三十四観音巡りは結願となる。心して巡ろうと思う。

正大悲殿

菊水寺（三十三番札所）

しだれ桜が散っている。和尚さんが花びらを集めている（前頁写真）。禅宗では生活の全てが修行とのこと。特に清掃は大事と聞いた事がある。

観音堂には大きく正大悲殿と書かれている。和尚に問う。静かな話し声、耳を澄まさねば聞こえぬほどだが、内容は濃いものだ。

本堂の土間に孝行和讃の絵図が掲げられている。――それにんげんと生まれては、まづ孝行のみちをしれ――で始まる孝行和讃は、お寺で読み書きを教えた時の教科書の役割を果たしたものだろうと言う。また、子がえしの絵図も掲げられている。当時あった間引きを諌《いさ》めたのだ。外へ出れば、春の陽光に気分も晴れる。

結願の水潜寺へ向かう前に秩父事件の舞台の地へ行かねばならない。龍勢《りゅうせい》会館、井上伝蔵邸、椋《むく》神社だ。

椋神社

龍勢会館は秩父事件を扱った映画「草の乱（緒形直人主役）」のセットがあるだけで見るべき物がなく興ざめだ。隣の伝蔵邸も映画のために復元されたのだ。

展示にも見るべき物がない！　落胆する。

早々に退館、五百mほど西の椋神社（前頁写真）に行く。

明治十七年（一八八四年）、十月三十一日、三千余の農民等が竹槍、刀、火縄銃を手にして椋神社に集結した。田代栄助を総理に、その他の役割分担を決定する。負債の十ヶ年延長等四ヶ条の要求項目を決議し、物品を略奪すべからず等の軍律五ヶ条を定める。

翌一日、高利貸しを、さらに郡役所や警察署を襲い秩父へ向けて進撃する。

明治政府は首都へ波及することを懸念し、警察隊、憲兵隊、果ては天皇の軍隊まで村田銃を手に出動させ壊滅を図る。銃の射程距離、発射時間の差は歴然で、四日には秩父困民党の本陣は解散、逃亡を図るが多くは逮捕される。一部は信州へと活路を開くが、九日、八ヶ岳山麓にて壊滅し、秩父事件は終結となるのだ。

死刑九名（欠席裁判二名含む）、三千数百人が暴徒の名の下に断罪された。軍隊の出動を決定したのは内務卿山縣有朋、陸軍卿代理西郷従道であった。従道は、西郷隆盛の実弟である。

【閑話休題】

秩父事件に関わった人にはそれぞれの悲劇が待っていたが、その幾つかを示そう。

・若き農婦の死

秩父では民間人の死者は一人もいなかったという。すでに蜂起も終わろうとしていた信州では死者が出た。乳児を背負った農婦で、信濃毎日の記者は――……の外に女一人を誤りて撃ち殺したり。其の頭に手巾を被り居たるが、遠方より望めば賊の鉢巻きに些かも違うことなかりしと後に語りざりしを皆々気の毒になる事に思なしとぞ。二十八歳――と記している。弾は腿に当たったという。

秩父困民党は全員が白鉢巻きをしていたので、間違われて銃撃されたのだ。女性が亡くなったのは十一月九日、困民党が壊滅した日であった。

・事件に巻き込まれた男

農民たちがあこぎな高利貸しの家に放火している時、俳句の会に出るために男が通りかかった。三十三歳の大工の男は、放火犯にさせられてしまう。裁判で十二年の判決を受け、北海道の釧路集治監に収容され、硫黄の採掘で目を患う。

男が捕らえられた時、家には父、母、二十七歳の妻、学齢期の長男、乳飲み子の長女の五人がいた。恩赦により五年で我が家へと帰る。

秩父暴徒の子だから、監獄帰りの子だからと言われ、さらに父と長男との葛藤、長男と母とのいさかい。不遇の男は家族の悲劇でもあった。

・反骨の気概を持つ女性

祖父も父も秩父困民党に加盟する。反骨の気概は彼女や兄にも受け継がれる。小学校の教員であったが、後退職、文学や社会主義の勉強をする。後、堺利彦が起こした「売文社」に勤める。兄に宛てた手紙に、——是から四、五年、大に努力するんです。どうか、四、五年後を御覧ください。大に食い大に寝大に書いていますーーと記している。大いにを何度も使う気概、彼女は二十二歳で病没したとのことだ。

うちのかかあは天下で一番

秩父事件の関係者が、——……もんだいね、……たまげるね、……くれた、……言ってられない、糸でかがっても……——と応えている。峠を一つ越えれば群馬県、かつて群馬でも遣われていた言葉に接して、懐かしさを覚えた。秩父事件と群馬事件、心を一つにした共通性があるのだろう。

また、秩父では——うちのかかあは天下で一番——との言葉が遣われたという。痩せた土地では現金収入は得られない。女性たちの機織《はた》りに頼るしかない。この語は勤勉な女性を讃えるであって、亭主を尻に敷く言葉ではないのだ。かかあ天下、群馬でも昭和の半ばまでは女性を揶揄する語として遣われたが、もう誰も口にしない。だが、女性の勤勉さは今も変わらないのだ。

群馬事件

自由党急進派と農民による自由民権運動の激化事件とされる。秩父事件が起こる半年ほど前、急進派は農民を巻き込んで政府転覆をもくろむが頓挫する。その後、自由党幹部は農民に蜂起を呼びかけ、警察署や高崎鎮台分署の襲撃を目標にするが、高利貸邸の打ち壊しのみで終結する。十二名が有期懲役、二十人が罰金刑となる。この人数から見て、事件への参加者はあまり多くはなかったと思われる。蜂起数は数十名から数千人と定かでない。

小規模とはいえ、貧困農民と自由党急進派が結びついた最初であり、後の加波山《かばさん》事件（教科書にも載っていた）などに続く武装蜂起の始まりとなった事件とされる。

秩父事件の主役井上伝蔵の晩年

秩父事件の関係者の中で最も数奇な運命をたどったのが井上伝蔵であろう。事件当時、彼は会計長であった。伝蔵は壊滅後、欠席裁判で死刑の判決を受けるが逃亡を続け、北海道に渡り道内を転々とする。名を伊藤房次郎と変えて。結婚し、子どもを持つ。死期が迫った時、家族を呼び寄せ、自分は井上伝蔵と過去を語ったと言う。

これが映画「草の乱」のストーリーだ。井上伝蔵を演じたのは、前述の緒形直人である。椋神社には碑が建っているものの、すでに過去としての扱いだ。今でも秩父事件の真相解明が進められているのに。

水潜寺《すいせんじ》（三十四番札所）

日本百観音巡りの結願寺が水潜寺である。ようやくたどり着いた。そんな感じだ。感慨は特にない。安堵の一語だ。今は結願したことに感謝だ。

百観音にふさわしいのが二つある。

その一は、観音堂の前のお砂踏みだ（二二一頁写真）。この上で手を合わせれば、日本百観音巡りのご利益が得られるという。静かに、心を込めて感謝を表わす。やはり吉であったのだ。

その二は、百観音功徳車（摩尼車）である。車には百観音の名前が刻まれている。足形が刻まれた上に立ち、手を合わせれば百観音巡りの功徳があるという。功徳車の後ろには、小さな結願堂がある（写真）。これは、日本でただ一つのものか。

功徳車と結願堂

納経所の女性に問う。四国では遍路という言葉が普通に使われているが、秩父ではどうなのかと。

「順番に巡ることから巡礼と言う人が多いですよ」という応え。巡礼というと暗いイメージが伴うが、これからは改めなければと自戒する。秩父巡礼、これですっきりした。

秩父にも最澄や空海の影響があったことを知ったが、禅宗が広く普及したのはなぜか、今後の課題だ。

三十分ほどベンチで休む。少し離れて男性が一人休んでいる。結願を迎えた人だろう。だが、言葉は交わさない。四国の遍路でも同じだ。立ち入らない領分を守っているのだ。

終わった。あとは群馬へ帰るだけだ。

秩父地方の郷土食「ミソポテト」を口にする機会があった。少量なれど美味かった。小鹿野町の歌舞伎と龍勢花火、ぜひ見たいと思う。近場なので実現できそうだ。

花園インター手前の道の駅で昼食、三時に家に着く。

観音巡りの成就感が沸いてきたのは数日後だ。

秩父路の観音巡り三十四迷い導かれ結願となる

桜散る結願堂に手を合わす彼は巡礼吾も巡礼

東日本大震災の遺構を巡る　―双葉の駅頭に立つ―

新型コロナウイルスはようやく終息に向かいつつあるようだ。マスクの有無も本人の判断に任されることになった。足の痛みに耐えて終活の旅に出ようと決意する。今後、幾つの旅ができるだろう。集大成の覚悟で選んだのは、やはり東北の地であった。決意・覚悟、決して大げさな表現ではない。

令和五年四月二十三日（日）。宮城県は晴れ、気温は二十度に達せずという。午前六時十五分、自宅を発つ。三日間の無事を願う。渋川―高崎―大宮―一関―気仙沼―奇跡の一本松―陸前階上。ここまで一枚の乗車券。新幹線の指定席に初めて座る。なんだか気恥ずかしい思いだ。

奇跡の一本松駅に午前十二時三分着。バスで一本松に向かうと終点近くの高台より遠望できる、あの枝振りだ。九年ぶりの再会だ。バスは駐車場の端っこに停まる。駐車場には車がいっぱい。一本松に向かって歩き出すと数えるほどの人。警察官がやたらと多い。何かイベントでもあるのだろうか。一本松に近づいた。

こんなに大きかった！　モニュメントだから成長するはずはないのにやたらと大きく見える

（写真）。しばらくして納得した。高い防潮堤が出来て海が見えないので錯覚を起こしていたのだ。近くのユースホステルの残骸は今も当時のままだ。ナニを期待してここに来たのか、自問してみるが、答えはない。

妻は元気だ。防潮堤に上り海を見、松の植林が始まったことを報告する。

風がやたらと強い。奇跡の一本松の十余年を振り返りながら、ストックを突いて伝承館に入る。

二〇一一年三月十一日、東日本大震災により、景勝地として知られた高田松原は壊滅的被害を受けた。奇跡的に立っていた一本の松は、「奇跡の一本松」、「希望の松」と呼ばれ、復興のシンボルとされた。

震災後、保護活動が続けられたが塩害などで枯死と判断されると、モニュメントとして残すことに対して賛否両論が交わされたという。

奇跡の一本松　後方は防潮堤

その後、元の場所に立てられることになったのだが、当時は瓦礫処理も進んでいない状況であったという。

二〇一三年三月、モニュメント完成式典が予定されたが、「以前の松と違うのではないか」との意見が出され、枝葉など再度調整され、同年六月八日、工事の足場が撤去され、保存工事が完了した、という。

妻と奇跡の一本松を見たのは、二〇一四年四月二十一日（妻の日記）だから、モニュメントが完成して一年後だったのだ。周囲の復旧も進まず寒々とした思いが残っている。

その夜は気仙沼市の休暇村に泊る。夕食は大島和定食とのことで、ホタルイカ、三点盛り、カレイ霙煮、それにバイキングと豪華、ビール、酒を飲む。これも妻の日記より。

さて、今晩の宿へ行く前にもう一つの震災遺構を見学するのだ。陸前階上駅で下車、キョロキョロして小さな遺構の文字を見つける。これしかない。タクシーの案内もない。近くの主婦に聞き、子連れの母親に尋ね、得た結論は「かなりの距離があるし、五時に閉館だから行かない方がいいでしょう」だ。遺構を後世に伝えようとの心意気が感じられないのだ。

今晩の宿は気仙沼市岩井崎の民宿沖見屋だ。陸前階上駅まで迎えにきてくれる。主人は大震災の跡を説明しながら宿へと向かう。三階まで壊滅したままの姿を今もさらす水産高校（震災遺構）、国立公園の岩井崎や本殿近くまで津波が押し寄せた神社など。沖見屋も津波で流失したがいち早く復興したことなど。これを話さなければ、の熱意が感じられる。

その神社の碑に、――氏子四四九戸のうち三一五戸が流失。津波は午後三時十五分、岬の東側と西側の両方から襲いかかり、神社本殿の間近まで迫った――とある。

今、周囲を見るに民家や民宿があるものの、その数は少ない。移転したのだ。

夕食は海のモノでいっぱい。一つ一つの食材を説明してくれたが、マンボウとカツオしか覚えていない。主人は夜も朝も震災の話をしてくれる。奥さんの接待も丁寧だ。

日本中に知らされていないが、震災のニュースはここにもある。よい一晩だった。

朝、防潮堤から海を見る。妻は突端の龍の松も見る。
＊陸前階上、読めますか。鉄道マニアなら読めるかな。

令和五年四月二十四日（月）晴れ、風強し。

今日は、陸前階上―志津川―柳津―前谷地―石巻―女川だ。この日、復興をこの目で確かめるのは、旧防災対策庁舎であり旧大川小学校、旧門脇小学校だ。共に震災遺構。

旧防災対策庁舎の最寄り駅である志津川に午前八時五十二分に着く。まだ観光客の姿は少ない。

九年経って、周囲は一変した。妙に明るい。南三陸町震災祈念公園の一角に当時のままに鉄骨だけの姿をさらす庁舎が見える（次頁写真）。周囲は十ｍ余もかさ上げされたので、庁舎は上から眺めるようになった。

あの日、南三陸町も震災の津波に襲われた。庁舎で最後まで町民に避難を呼びかけ続けた女性職員は殉職した。当初の予報では津波は六ｍとのことであった。

庁舎は海岸から約六百m、海抜一・七mの地に建っていたのだ。この庁舎だけでも犠牲者は四十三人を数えたという。見学者が三々五々歩いている。

「教訓を伝える」、「見るのがつらい」、庁舎の保存の是非を巡り、意見は二分した。一度は解体が決まるが、二〇一五年に県の所有となり、残されることになった。

かさ上げされて出来たのが、「南三陸町さんさん商店街」だ。中央に広場が設けられ、その両側が飲食店、鮮魚店、土産物店などだ。

著名な建築家の設計という。目玉が欲しいな、各地の道の駅のような工夫が欲しいなと思う。

九年前の妻の日記によれば、同じ日の午前に庁舎を見、午後に奇跡の一本松を見ていたのだ。ようやくつながった。想い出が蘇ってきた。ホテル観洋に泊った翌日、ホテルの「語り部バス」（六百

旧防災対策庁舎

円）に乗ったのだ。このホテルも被災者を受け入れたとのことだ。

女性の説明に乗車した人たちは言葉をなくした。特に、震災前の繁華な街の様子、震災後の瓦礫と化した街の様子、同じアングルの二枚の写真を見せられて暗澹《あんたん》とした気持ちになった。防災庁舎の無残な姿も目にした。

語り部バスを出してくれたホテルの夕食は、コース料理で前菜からデザートまで全十一品だったと妻の記録にある。ビール、酒の記録もある。

昨日も乗ったＢＲＴ（バス高速輸送システム）、要は代行バスに乗ったりしながら石巻駅に十二時十二分に到着する。ここまで全て定刻通り。恐るべし、日本の交通機関だ。

さて、タクシー利用かレンタカー利用かで迷う。旧大川小学校までのバスは市民用であって、他の人は乗れないのだそうだ。震災遺構の地へ行くというのに公共の交通機関がないとは。

迷ったがタクシーにする。妻は先年免許証を返納した。当方も米寿を超えた。旅先で事故でも起こしたらお笑いもの、の妻の言葉に素直に従う。

運転手は中年の男性、大震災を経験したとのことで、ブレーキを踏んでも車が前へ進んだと話す。片道四十五分ほどのほとんどを震災の話に費やす。

旧大川小学校。児童・教職員の計八十四名が犠牲となった悲劇の地（次頁写真）。津波の高さ八・六ｍが学校を飲み込んだ。学校は海抜一・一ｍに在った。津波は校庭で渦を巻いたという。大川地区では四百十八名が犠牲となったとパンフレットに記されている。

妻はこの地を初めて訪れた。グランドを整備していた男性に声を掛けると堰を切ったように話し出した。

この日は昨日に続く強風で、立っていても体が後ろへ持っていかれる荒天。だが彼は話し続ける。

壊滅の校舎、校舎と体育館を結ぶ通路の崩落、体育館は観音様が見えるあそこまで流された等々。当日の児童の動き、教職員の動き、避難した山のこと、必死に話す。大川震災伝承館にも行ってくれで締めくくる。

話さないではいられない、のだ。

大川小学校　校歌

一　風かおる　北上川の
　　青い空　ふるさとの空……

二　船がゆく　太平洋の
　　青い波　寄せてくる波……

予定より二十分を過ぎてタクシーに戻る。運転手はスマホの映像で津波が襲ってきた瞬間を見せてく

旧大川小学校

れる。

隣の北上川から津波が次々と襲う様子、撮影者は高台からだと彼は話す。「大川小学校は大丈夫かな」の音声も入っている。身に詰まされる映像だ。

地域の人がこども育てていたんだね、と妻の言う。

帰りも彼は話し続けるのだ。彼の後ろ左に座ったので、彼が時に目頭を押さえるのを目撃する。石巻市内の震災遺構門脇小学校（写真）に行ってくれるかと話すと快諾する。カドノワキが正しいとのこと。イシノマキと同じと、この時だけ大きく笑う。

小学校の入り口にカラーコーンが立っている。今日は休館日なのだ。彼はコーンを少し移動して駐車場へ。外観だけでも異様だ。

ここは校舎内へ入って見学を予定していたので残念だ。

旧門脇小学校

パンフレットに曰く。

――学校にいた児童、教職員は全員避難、一時間後に大津波が襲来、津波火災が発生し、校舎は炎に包まれた。……、門脇小学校は津波火災の爪痕を残す唯一の震災遺構であり、避難を考えるとき垂直避難だけでは難しい一面が有ることを伝えています――

津波で火災が起こるとは想像さえも出来ない。だが、現実に起こったのだ。

休館日を知らずに来た人が数人、見学している。

石巻駅に戻る時間だ。運転手は市内の被災状況を説明しながら車を走らせる。幼子が亡くなった場所等々。お世話になった。

希望を言えば、レンタカーやタクシーを利用して旧大川小学校へ行く場合、その費用の一部を市が補助することを考えて欲しい。貴重な遺構として後世に残しているのだから。

今晩の宿の女川へ列車で向かう。旧防災庁舎、旧大川小学校、旧門脇小学校、三つの震災遺構に出会ってよかった。もう訪れることはないであろうが、いつまでも記憶に残る場所となった。

それにしても昨日、陸前階上駅近くの震災遺構に行けなかったのが悔やまれる。

＊陸前階上はりくぜんはしかみと読みます。

今晩の宿は女川駅近くのホテルエルファロだ。トレーラーハウスとのことで興味を持って向かう。移動できる家なのだ。ビジネスホテルより広く快適だ。

さて、夕食は女川駅近くの商店街とのことだが、月曜日でどこも休み。うろうろ歩いて、おにぎり三個、インスタントのスープと蕎麦を手に入れ、持ち帰って食べる。九時早々に寝る。明日は女川駅近くの震災遺構である交番をまず見学だ。


令和五年四月二十五日（火）　晴れ、風弱く、夕方から雨？

朝食はホテルで摂る。震災関連の仕事をしている人が多いか。

今日は双葉駅に行く、期待が膨らむ。このための今回の終活旅行とも言えるのだ。

旧女川駅近くの交番が見つからない。五分で行けますかの問いに、「すぐそこだよ」と返ってくる。妻は小走りに二百五十mほど行くが見つからない。五分はダレにも共通だが、「すぐそこ」は人によって違うではないかと愚痴る。道を教えるのは難しいものだ。

結局、震災遺構である交番は見つからず列車に乗る。平静さを失っていたのか仙台駅では乗り遅れる。長いホームの前の方から出発していたのだ。

次の列車を待つしかない。双葉での見学時間がなくなってしまった。妻の、家で待っている人はいないのだからの言葉に救われて時刻表を見る。僥倖《ぎょうこう》であった。次の列車で双葉に着けば二時間の見学時間がとれそうだ。伝承館にも事故の原子力発電所にも行けそうだ。急に心が晴れてくる。仙台で牛たん弁当を買う。

仙台—原ノ町間の車掌は親切で、今後の行動を時刻表で調べてくれる。原ノ町が近づくと隣にまで来て、乗り換え列車のこと、待ち時間が三分のことまで教えてくれる。この行為で東北の人はみんな親切だと感激するのだから、妻も好人物だ。

定刻の十二時二十二分、双葉駅に着く。降りたのはふたりだけ。列車で双葉町に来たのは初めてだ。レンタサイクルで、レンタカーで、何度訪れたことか。期待していた双葉駅に着いたのだ。大きく頑丈な駅舎、駅員の姿はない。トイレの案内もない。ウロウロする。田舎の町にこんな大きな駅舎が必要？　不機嫌になる。

そして、駅前の広場にお目当てのものがないのだ。このために来たのに。

令和四年八月三十日、朝日新聞――双葉きょう一部で避難指示解除――の見出しで、『東京電力福島第一原発事故で全町民の避難が続く福島県双葉町で30日、帰還困難区域の一部にある「特定復興再生拠点区域」の避難指示が解除される。事故から11年半ぶりに住民が帰還できるようになる』とある。記事に添えて写真もある。

その写真に移動販売車が映っているのだ。二、三人のお客もいる。

販売している人は女性？　弁当を買いながらいろいろと問いかけてみたいのだ。個人で営業？、自治体それとも企業？、復興作業員も来る？　等々。そして、復興の進み具合を聞いてみたいのだ。自治体の用意された答えとは違って、正直に応えてくれるだろと期待していたのに、お目当ての人がいないのだ。失望する。

そして、今日は火曜日で伝承館は休み、とバスの運転手が教えてくれる。ダレも乗っていない。休館日を知らずに来たのは当方の手落ちだから文句の言いようもないが、駅舎に伝承館の案内が一つも見当たらないのは不思議だ。理由があるのだろう。

小さな旧駅舎には震災で止まったままの時計が展示されている。記念にと写真に撮る。針は二時四十六分を指し、永遠に動くことのない時計だ。

事故の原子力発電所へ行くのも断念する。何回もバリケードで阻止された苦い経験が蘇ってきたからだ。

旧駅舎にいたふたりの女性が「富岡アーカイブ・ミュージアム」へ行くよう勧める。応対もテキパキ、タクシーの手配までしてくれる。気づいたらタクシーの中だ。この運転手も震災関連の話に終始し、復興とはどういうことなんでしょうかね、と静かに語る。

富岡駅から別のタクシーに乗る。運転手は最近の電気代の値上がりに触れ、原発の是非を話す。三度タクシーを利用し、三度震災の話を聞く。偶然ではないようだ。

期待して来たミュージアムは大きく立派な建物だ。駐車場も広い。車は少々。館内では二ヶ所で映像を流しているだけ、案内のスタッフの姿はない。勝手に見てくれだ。

わざわざタクシーで来ることもなかったな、正直な気持ちだ。

帰りも同じタクシー、運転手の話を半分聞いて、半分は廃炉までの長さを考える。

福島第一原子力発電所一号機は、一九七三年に運転を開始、その後五つの原子炉も順調に運転されたが、東日本大震災に起因する重大事故が発生し、現在は全ての原子炉の廃炉作業が続けられている。廃炉には四十年かかるそうで、すでに十年が経った。あと三十年でこの作業を終えることができるのか、ダレにもわからない。

その原子力発電所近くまで何度行ったろう。南相馬からレンタサイクルで、旧友《とも》の運転するレンタカーに乗って、いずれも他県の警察官の検問に遭い、引き返したことを思い出した。最初の頃は道路脇に「イノシシに注意！」の看板があったりして臨場感があった。

前述の新聞記事には、――避難指示の解除に向け1月に始まった「準備宿泊」には、29世帯50人が参加しただけだった――とある。

今回、双葉町で避難指示が解除されたのは町面積の約一割、避難指示が解除されてから一ヶ月で町内に居住する人は三十人を超えたという。

尚、震災前の人口は約七千百人ほどであった。

さて、これからは列車に揺られていれば渋川駅に着ける。しばらくは睡眠タイムだ。

今日は、女川―石巻―仙台―原ノ町―双葉、タクシーで富岡―いわき―郡山―大宮―高崎―渋川……自宅。いわきからの磐越東線に初の乗車だ。別名がゆうゆうあぶくまラインとのことで、ゆっくりゆっくりと二時間弱走る。

ところで、東日本大震災に自分はどう関わったと考えることがある。

義援金と炊き出しについて。いずれも微々たるものだ。

当時自治会の役員をしていたが、役員がアイデアを出し合い地区独特の方式を生み出し、義援金を集めることに成功した、と思っている。

次は、避難してきた人たちに蕎麦の炊き出しをしたことだ。地区の人に蕎麦を打ってもらい、避難先の調理場で茹でて提供した。提供したら即帰る、これがボランティアの鉄則だ。これは新潟の中越地震のボランティアで学んだことだ。

東日本大震災の爪痕はまだ至る所に見える。復興なったと旗振る人がいるが、まだ緒についたばかりだ。地域に生活臭が戻ってこそ復興と言えるのではないのか。

東日本大震災から令和五年で十二年を迎えた。福島県内の災害関連死は今年二月時点で二千三百三十五人、岩手県の四百七十人、宮城県の九百三十一人を大きく上回る。岩手、宮城は関連死の九割以上が震災から一年以内に生じた一方、福島は二年目以降が四割を占めている（朝日、令和5・3・12）。さらに、昨年三月十日までの五年間に亡くなった人は、岩手で二人、宮城では一人もいない。福島は七十二人だった。

なぜ福島で災害関連死が多く、今も続くのか。それは避難者数によるという。岩手で八百八十七人、宮城千二百十二人（県外避難者のみ）に対して福島は二万七千三百九十九人と桁違いに多い。なぜか。福島の原発事故による避難の長期化が背景にあることは明白だ。避難生活で「生活不活発病」になり心身が弱ったり、故郷へ帰れないというストレスから病気を悪化させた人が目立つと言う。故郷へ帰れてこその復興だろう。観光客が来るのが復興ではない。

尚《なお》、双葉で弁当が買えたら、新幹線の大宮―高崎間で食べる予定であった。旅の締めくくりとして。心残りの一つとなった。

復興と旗振る人の増えてきて避難生活なお五万人　（二〇一九年）
まだ十年行方不明者二千超防潮堤の高く人無し　（二〇二一年）
復興の予算を軍備費に転用か説明のない常套手段で　（二〇二三年）
震災の避難者未だ三万人双葉の駅頭にわれ三度《みたび》立つ　（二〇二三年）いずれも朝日新聞群馬版

おわりに
——きょう為すことの農事は二つ——

信州飯山に庵を結んで正受庵と号して住んでいたので正受老人と呼ばれる。村人に「今日為すべきことを翌日に持ち越さず、今日のことは今日終わらせなさい」と説いたそうだ。キリギリス的生き方を信条としてきた身には応えるが、敢えて『続一日暮らし』という書名にした。前作から十余年が過ぎた。自戒を込めて綴ったものである。

正受庵、何度も訪れたい地だ。境内に座して帰るでいい。飯山の蕎麦も楽しみだ。

山歩きを終了して十余年が過ぎた。最後の山行は急峻で知られた群馬の名山水沢山（榛名山中の一つ）。登頂を果たし下山、車が見える所まで来た時登山靴の底がガバッと剥《は》がれる。これを機に山歩きは終了とした。左足首の痛みもあったので未練はなかった。ホッとした、これが本音。

小生のふるさとの山は赤城山であり榛名山だ。妻のそれは子持山、小野子山である。生い育った地から眺めていた山々だ。今、四つの山が一望できる地に住んでいる。これを幸せとしたい。

表紙の劔岳は、荒天により唯一登頂を果たせなかった山である。これも思い出の山だ。

野菜栽培は生涯現役でありたい。だが、畑へ行く度に「もう終わりかな」と自問する。手抜きをしていることを実感するからだ。年相応に手を抜くことも必要と開き直ってみるが、老いを実感してしまう。虫や鳥に励まされて、もう少し畑に通うとしようか。

きゅうり、ナス、トマトなどは年に一度の栽培だから十年経っても十回しか経験できない。古老は言う。「百姓は一生だ」と。言い得て妙だ。手抜き公認で気分は軽くなってきた昨今だ。

東日本大震災の遺構巡り、あと何回行けるだろうか。今年、話題にもなっていなかった岩井崎を訪れて衝撃を受けた。当然だが、マスコミで取り上げない場所も被害を受けていたのだ。

岩手県の震災遺構を訪れたいものだ。どんな人と出会えるか、楽しみだ。

福島県双葉町は地震、津波、原発事故と三重の苦しみを強いられた。どのように復興してゆくのか、関心を持ち続けたい。※東電は、福島第一原発の処理水の放出を始めた(令和5・8・24)。

最後に、プロ野球は三日見ぬ間に「あの人はダレ?」と問うほど次々とスターが誕生している。あらゆる分野で若者の活躍が目立つ。地球規模での活躍も自然体、言葉の壁など問題にもしていない。己の道を確かに歩む若者も目立つ。新日本人の誕生だ。若者の活躍に乾杯!

郁朋社の皆さんにお世話になりました。感謝です。

参考文献

・「夜船閑話」白隠禅師述　春秋社
・「正受老人集」信濃教育会編　信濃毎日新聞社
・「ぐんま百名山」横田昭二　上州新聞社出版局
・「群馬県の山」太田ハイキングクラブ　山と渓谷社
・「上毛かるた」浦野国彦　三共印刷
・「上州の文学紀行」朝日新聞前橋支局編
・「日本古典文学全集　4　萬葉集」小学館
・「日本百名山」深田久弥　河出書房
・「太宰治文学館　5　津軽」日本図書センター
・「近代日本文学アルバム　十四　太宰治」学研
・「田中冬二詩集」田中冬二　出版社不明　群馬県立図書館蔵
・「野菜の手帳」中村治　講談社
・「図説日本大歳時記（全五巻）」水原秋桜子等監修　講談社
・「貝になった男―直江津捕虜収容所事件」上坂冬子　文藝春秋社
・冊子「いちばん身近な『食べ物』の話」農林水産省

・「のはらうた」工藤直子　童話屋
・「週刊四国八十八ヵ所遍路の旅（全三十巻）」講談社
・「四国遍路記集」伊予史談会双書
・「四国遍路ひとり歩き同行二人」へんろみち保存協会
・「日本古典文学全集　9　土佐日記」小学館
・「山頭火全集　第五巻」春陽堂書店
・「近代日本文学アルバム　四　石川啄木」学研
・「石川啄木日記全集　日記」筑摩書房
・「近代日本文学アルバム　十　宮沢賢治」学研
・「風の又三郎他」宮沢賢治　岩崎書店
・「高村光太郎全集　第七巻他」筑摩書房
・「古寺めぐりの仏教常識」佐伯快勝　朱鷺書房
・「秩父三十四カ所を歩く旅」山と渓谷社
・「歴史紀行秩父事件」中沢市朗　新日本出版社
・「女たちの秩父事件」五十嵐睦子　新日本出版社
・「群馬事件の構造―上毛の自由民権運動―」上毛新聞社

【著者略歴】

金谷 常平（かなや つねへい）
1940 年　群馬県に生まれる。
1963 年　群馬大学卒業。38 年間、中学校に勤務する。
尾瀬、谷川岳をホームグラウンドに、関東の山を歩く。
2001 年　退職を機に、日本アルプスを歩き始める。
著書に、『榛名山歩』（上毛新聞社）
『還暦からの日本アルプス山歩』（郁朋社）
『一日暮らし』（郁朋社）
『ひょいと四国へ』（上毛新聞社）がある。

続《ぞく》・一日《いちにち》暮《ぐ》らし

2023 年 11 月 10 日　第 1 刷発行

著　者 — 金谷《かなや》 常平《つねへい》

発行者 — 佐藤 聡

発行所 — 株式会社 郁朋社《いくほうしゃ》

〒 101-0061　東京都千代田区神田三崎町 2-20-4
電　話　03（3234）8923（代表）
ＦＡＸ　03（3234）3948
振　替　00160-5-100328

印刷·製本 — 日本ハイコム株式会社

装　丁 — 宮田 麻希

郁朋社ホームページアドレス　http://www.ikuhousha.com
この本に関するご意見・ご感想をメールでお寄せいただく際は、
comment@ikuhousha.com までお願い致します。

 ISBN978-4-87302-802-6 C0026